シロクマのシロさんと北海道旅行記

百度ここ愛 Cocoa Hyakudo

アルファポリス文庫

https://www.alphapolis.co.jp/

プロローグ　いざ、北海道へ

同じ電車に乗っていたシロクマが、喋った。着ぐるみだと思っていたシロクマが、誰かに質問を投げかけている。

「ねぇ、どこまでいくの？」

少し見上げるくらいの大きなサイズ。私が165センチだから、多分、170センチくらい。シロクマが少し中腰になると、ちょうど目線が重なるだろうか。

思わず不躾に見つめてしまった。車内をトコトコとお尻を揺らしながら歩いてきたシロクマは、座席の壁にもたれていた私の肩をふわふわの手でトントンと叩く。

驚いて、目を見開いてしまった。

「私？」

シロクマが電車の中に居ることには気づいていたし、多分、じぃっと見つめてしまっていたとも思う。だって、誰もおかしいとも言わずに、普通に電車に乗ってるんだもん。

最初はイベントか何かの着ぐるみかとも思ったけど、普通の服を着て、普通のカバンを持っている。そして、電車の揺れに合わせて、ぷらぷらと揺れていた。着ぐるみではなく、ただの乗客らしい。

一人で思案していた私に、こてんと首を傾げて尋ねるシロクマはあざとい。

うん、めちゃくちゃ、可愛い。大きい割に、可愛い。真っ白でほわほわな毛も、それに合わせてる紺色のダッフルコートも、家に飾ってるお姉ちゃんから貰ったぬいぐるみ、みたいだ。つい、抱きしめたい衝動に駆られるくらいには。

「大丈夫?」

「あぁ、えっと、札幌《さっぽろ》に」

「私も一緒!　申し訳ないんだけど……」

新千歳《しんちとせ》空港を出た快速エアポートの座席は、全て埋まっている。誰かがシロクマに譲るかとも思ったが、千歳《ちとせ》駅を越えても変化はなかった。

だから、シロクマをつい見つめてしまったのだ。壁際に寄りたいのかもしれない。

そっと譲るように体を動かす。

「寄りかかりますか？　掴めないのきついですよね」

「本当？　いいの？　ありがと～！」

シロクマは嬉しそうに、パタパタと両手を振ってから、私と場所を代わる。

壁にもたれ掛かる姿は、ますます、異様だ。けれど嬉しそうに、シロクマが私に聞く。

「札幌には何？　観光？」

「あーまぁそんな感じです、シロクマさん、えっとお名前は？」

「シロでいいよ」

あだ名みたいとしか感想が出なくて愛想笑いをして窓の外を眺める。

木々の合間をすり抜けていく電車に揺られながら、お母さんのこと、そして、彼氏のこと……違う。元カレのことを思い出して、唇を噛み締めた。

第一章　お姉ちゃんの住む街

そもそもの始まりは、大学受験の失敗だった。同じ大学を目指していた彼は、これ幸いと私にあっさりと別れを突きつけてくる。

「ごめん、恵《めぐみ》とはもう付き合えない」

誤魔化すようにメガネをぐいっと上げる仕草に、苛立ちが募った。

私が同じ大学に行けないことが決まったから、そんなことを言い出したのだろうか。彼の背中越しに、友達の姿が見えるのは気のせいで、幻だと思い込む。

「だから、ごめん」

だから、って接続詞なんだよ。

言葉にしかけて、こちらを窺う友達と目があってやめた。そういうことでしょ、元々私とは終わる予定で、私が落ちたからラッキー別れようってこと。ちくんっと胸が痛んだけど、縋り付くほどの想いも、元気もない。

だから、ただただ、こくんと頷く。

悔しい、辛い、なんで私ばっか。

声に出しそうになって、目に涙を溜めたまま顔を上げれば、彼の目線はもう彼女の方に向いていていた。

彼から告白してきたくせに、という思いがないわけではなかった。それでも、何も言えないまま家へ帰る。

最悪な日だ。本当に、最悪な日！

私立の滑り止めを親は受けさせてくれなかったし、私は大学生にはなれない。でも今まで、合格判定は常にAをキープしていた。だから私も滑り止めはいらないと思っていた。

一人で北の大地の大学に行くと決めて、勝手に家を飛び出したお姉ちゃんが脳裏に浮かぶ。「お姉ちゃんは、一発合格だったのにね」って言われるかもしれない。

姉は私とは違う生き物で、要領が良く、賢い人間だった。私は、要領も愛想も、悪い。だから、親からの期待にも応えられないし、彼氏にも振られたんだろう。

当たり前のように、大学進学を目指してきた。だってそれが当たり前だと、親に教えられてきたから。

親は、帰ってくるたびに私と姉を比較しては、「あなたは一人じゃ……」と余計なひと言を付け足す。本当は、私だって色々な選択肢の中から選びたかった。

親のせいで、という思いが浮かぶけど、そう考えてしまうところも、私が私のままでいる理由なのかもしれない。もっと違うところで生まれて、もっと違う生活をしていれば……

たらればを何個も思い浮かべて、今更だなと自嘲した。

意識せずに、家にまっすぐ辿りついてしまったので、静かに扉を開ける。玄関には、見慣れない靴が二つ並んでいて、珍しく家に親が居ることを悟った。

嫌だな、と思った瞬間に胸の内から、ドロドロとした黒いものが溢れ出てくる。親の顔を見れば、もっと不快な気分が押し寄せてくるだろう。

「おかえり」

キッチンの扉からお父さんとお母さんが顔を出して、こちらを窺う。

どうだった？　と顔に文字が見えるようで、鬱陶《うっとう》しい。

「落ちた」

「落ちた？　え？」

「受験に失敗しました！」

投げやりな言葉を投げつけて、逃げるように自分の部屋へ向かう。滅多に帰ってこないくせに、なんで今日に限って二人揃って食卓にいるんだ。こんなことなら一人で、合格発表を確認するんだった。彼氏と一緒に見ようという約束を守らなければよかった。

後悔が何個も何個も頭に浮かんで、舌打ちしそうになる。

今日は、本当に最悪な日だ。

地団駄を踏みたくなるのを我慢して、部屋の扉を開ける前にお母さんの声で呼び止められた。

「待ちなさい！」

「なに」

「落ちたってどういうことなの、A判定だったのよね、ずっと。だから、あなたは他の大学にしなさいって」

いつものように知った顔で、私を叱り始める。大学に落ちたことや、彼氏との別れに傷ついている私には一ミリも気を遣ってくれないで。

苛立ちからつい、声を荒らげてしまった。

「うるさい！」

久しぶりに出した大声は、私の耳にもキーンッと突き刺さる。無意識に握りしめてしまった手のひらに、爪が食い込んだ。

「親に向かってうるさいとは何！　あんたはいつもそうやって適当に何も考えずに……」

お母さんの言葉の途中で、わざとらしく音を立てて扉を閉める。バタンと鳴り響いた音に、お母さんの苛立ちは増したらしい。扉の外で「お姉ちゃんはもっと難しい大学に一発で受かったのに」と、想像通りの言葉を吐いている。

「私はお姉ちゃんじゃない！」

叫んで、扉に鍵をかける。

もう嫌だ。こんなところに居たくない。

ベッド脇のシロクマのぬいぐるみが、乱暴に閉めた扉のせいか落ちかけていた。紺色のダッフルコートを着た、可愛いシロクマ。お姉ちゃんが私にくれたぬいぐるみだった。

そっと元の場所に戻しながら、ふぅっと小さくため息を吐き出す。

私のこんな気持ちを察したのか、タイミングよくスマホが振動してメッセージの通知が出る。お姉ちゃんからの「どうだった？」という一言だった。

ダメだった、と打ち込んでから消す。そして、新しく文字を人差し指で打ち込み始めた。

「お姉ちゃんのとこ行く」

メッセージを送ってから、そのままスマホで検索ブラウザを立ち上げる。

『北海道《ほっかいどう》　飛行機　安い』

検索をかければ、運良く学生料金の当日チケットの空きが見つかった。急いで人差し指で購入画面を進めながら、空いている手でカバンに服を詰め込んでいく。

北海道は、まだ寒いかも。ゴールデンウィークくらいまで雪があるって、いつだったかお姉ちゃんが言っていた。

少し暖かめの服をクローゼットから取り出してキャリーケースに押し込む。参考書や必要な化粧品は、リュックに入れた。リュックを持ち上げれば、元カレから貰ったダサいキーホルダーがリィンと鈴の音を立てる。

カァアッと頭に血が上っていって、無理やり引っ張る。丸カンは案外脆《もろ》かったらしく、縦長に伸びきっていた。剥ぎ取るように取り去って、ゴミ箱に投げ込む。

「大学生になっても変わらず一緒に居ような」

笑いながら嘘を吐く彼氏の顔が浮かんで、惨めな気持ちになる。

不幸になれ、そんな呪いの言葉を吐き出したくなった。

荷物を詰め終わって扉に近づけば、お母さんの騒ぎ声が耳に入る。聞こえないように耳を塞いだつもりはなかったけど、完全に存在を忘れていた。

溜め息をついて部屋を出る。

キャリーケースとリュック。明らかに家出します、という格好の私に、お母さんは目を見開く。そして、眉間に深い皺を寄せて、怒鳴り声を上げた。

「どこ行くの！」

「関係ないでしょ」

「ないわけ……！」

「放っておいて。お姉ちゃんみたいに優秀じゃなくて、残念だったわね。出来の悪い妹でごめんなさい」

捲《まく》し立てて返せば、ひゅっと喉の音を立ててお母さんが黙り込む。

私は、お姉ちゃんにはなれないの！

逃げるように玄関まで走る。私たちのやりとりを聞いていたのか、リビングから出てきて困ったように何も言わないお父さんが突っ立っていた。

「なに？」

わざとドスの効いた声を出せば、ますます困ったように眉毛を下げる。そして、黙って私とお母さんを見比べていた。お父さんのそんな行動に、喉の奥がちくちくする。

「お父さんはなんでいつも何も言わないの」

「恵……」

「まぁ、今更何か言われてもどうでもいいけど。いってきます」

お父さんが続ける言葉も聞かずに、家を飛び出して駅に向かう。

通学に使っていた道なのに、時間帯だろうか。温かい光が家から漏れ出ていて、いつもより苛立ちが募る。ゴロゴロと引きずるように引っ張ったキャリーケースが、小石を踏んで跳ねさせていた。

お姉ちゃんのところに逃げれば、解決するとは思っていない。それでも、今は、この家にいるのが辛い。どこでもいいから、ここじゃないどこかに行きたい。

＊＊＊

思いつきで降り立った新千歳空港は、うっすらと雪が積もっていて北海道らしさを窺わせた。飛行機から降りた後の空気もひんやりと冷えていて、違う場所に来た実感が湧いてくる。

到着口のエスカレーターにゆっくりと乗っていると、スーツの人やカップル、様々な人たちが焦ったように降りていく。全員が、まるで目的地が決まっているようにロビーから出て行った。

私だって、姉の家に行くという目的は決まっているけど……

それでも、行く当てもなく、北海道に降り立ったのはまるで私だけみたいに思えてしまう。どうしようもなく、心細くなってきた。

ロビーを出れば、様々な人たちが行き交っている。ぶつからないように慎重に歩き出せば、思ったよりも足は軽い。ロビーのテレビでは、大学の研究のニュースが流れている。

「自由な姿で、生きたい未来を……」

そんな言葉が耳に入って、顔を顰《しか》めてしまった。選ぶ、ということへの恐怖心かもしれない。テレビに映る未来を見つめている人たちの顔は、キラキラしている。

羨ましい、と、むかむかが体の奥から湧き上がってきて、目を逸らした。

電車の時刻が書かれた看板を見つけて近づけば、どうやら駅は地下にあるらしい。看板に従って、階段を降りていけばひんやりとした空気が上に向かって逃げてきた。

姉の家までの電車も、きちんと調べてきた。

それに、以前姉が「可愛いでしょ！」と私にお土産がわりにくれたご当地ICカード、Kitaca《キタカ》も持ってきた。

二階ほど階段を降りて、通路をまっすぐに進んでいく。遠目に電車の時刻表がまた見えた。ぐんぐん近づいていけば、券売機の前に人が並んでいる。

最後尾に並んで、いくらチャージすればいいか上の値段表を確かめる。二千円あれば、札幌まで行けるみたいだ。私の番になってチャージしようとKitacaを通せば、一万円が入っている表示が出てくる。

驚いて、ぴたり、と固まってしまった。

入っているだなんて、言ってなかったくせに。

それでも、いつかこういう日が来ることを姉は予感していたのかもしれない。

私だってもう高校生だし、バイトだってやってお金は貯めている。けど、こうなった時に、私が逃げ出せるように姉は準備していたのだろうか。

気づかなかった姉の優しさに、胃の奥がムッとする。

ずるい。

ずるい、ずるいずるいずるいずるい！

さらりとそういうことをやってのけてしまう姉が嫌いだ。

チャージをやめて、そのままKitacaを持って改札を抜ける。チカチカとする電光時刻表を見れば、千歳空港の駅に来る電車は全て、私が乗るべき快速エアポートのみらしい。ホームは、さらにもう一階下の地下のようだった。

電車なのに、地下鉄みたいな作りだな、という感想を飲み込む。階段横にある広告を眺めながら、ホームに降りていく。『ようこそ北海道へ』と書かれた広告だけが、私を歓迎してくれていた。

降りた先のホームには、すでに電車は停まっている。近くの空いているドアから乗り込めば、乗客はたくさんいて、座れそうな席はない。しょうがない、立っているなら端がいいと入り口から少しだけ奥まった壁際に立つ。

電車の中を観察していれば、立っている人たちの間に、立ち尽くすシロクマを見つけた。周りは、スーツ姿のサラリーマンばかり。ふわふわで可愛い紺色のダッフルコートを身に纏ったシロクマは、あまりにも異質だ。

じいっと見ていれば、シロクマは急にグッと伸びをして吊り革を掴む。そして、ふわふわの手をプランプランと揺らしていた。高さが合わないのか、手を離しては、掴むを繰り返している。

あっ、ふぅっとため息を吐いて諦めた。

私は壁際に寄りかかって、目線を逸らす。

イベントの着ぐるみかと思ったけど、さすがに見つめすぎて失礼かも。他の人たちは、気にならないように過ごしているし。もしかして、私だけ、シロクマに見えているのだろうか。

「閉まるドアにお気をつけください」

アナウンスと同時に、ドアが「ピンポーンピンポーン」と警戒音を鳴らしながら閉まっていく。

ゆっくりと動き出した電車は、ガタンゴトンと硬い音を鳴らした。

少し走れば電車の窓は、薄暗い地下から外に出たらしい。木々の合間を抜けるように、走っていく。流れていく景色は、雪が積もって残っている以外は、私が住んでいるところとは変わらない気がする。

景色が真っ白で、寒そうだった。でも、電車の中は時間が経つにつれて暑くなっていく。今すぐにコートを脱ぎたいくらいには。

＊＊＊

そして、そんなシロクマのシロさんは場所を譲ってからというもの、私に話しかけ続けている。心配そうな優しい眼差しで。

「観光どこいくか決まってるの？　することとか。あ、お節介だったらごめんね」

もふもふの真っ白な手を合わせる姿は、どこからどう見てもぬいぐるみで可愛らしい。編み上げのブーツに、おしゃれな紺のダッフルコート。違和感なく、イベント会場とかで手を振っている着ぐるみに見える。

会話をしているのに、着ぐるみという違和感は拭えず、黙って見つめてしまっていたらしい。私の前で、もこもこの手が振られる。

「ねぇ、聞いてんの？」

ちょっと偉そうなところが気になるけど、シロクマがぬいぐるみのような可愛い見た目をしているせいで、つい許してしまう。

シロクマというだけで許せてしまうのだから、羨ましい。私もシロクマになれたら良いのに。

シロさんのじいっと見つめるような視線に気づいて、何も決めずに来たことを答える。

「決まってないです」

「とりあえずパフェとスープカレーはおすすめ。あと、おすすめのラーメンやさん教えてあげるよ」

「いいんですか」

「当たり前じゃない。せっかくなら楽しんでほしいし。泊まるとこは決まってんの？」

「姉の家に」

「あー……」

姉の家に、と言った瞬間シロさんは少し考え込む。それに合わせたかのように、ガタンッと大きく電車が揺れて体を持っていかれそうになった。倒れ込まないように力を込めて吊り革を握りしめて、壁に手をつく。

シロさんがちらっと私を見て、うなだれた。

「ごめんなさいね、私が場所を譲って貰ったせいで」

「いえ、全然！　大丈夫です」

「優しい子ね」

不意に褒められて、ついにんまりとしてしまった。褒められたのは、いつぶりのことだろう。お母さんもお父さんも、いつもは家に帰って来もしない。模試でA判定を取ったことを報告したことだって、当たり前のことのようにスルーされた。褒められる、という経験があまりにも少ない人生だったと私は思っている。私が受け取っていないだけで、あったのかもしれないけど。

お姉ちゃんには、あんなにいっぱい褒められてたのにな。

まだ、お姉ちゃんが家に居た頃を思い返す。お姉ちゃんは些細なことでも、私のことを褒めてくれた。

「すごいじゃーん、うまいうまい」

ちょっと小馬鹿にしたような、偉そうな言い方だったけど。しっかりと私を見据えて、唇を緩めていた。

電車の揺れが収まったかと思うと、シロさんは言葉を続ける。

「お姉さんの家はわかるの？」

「前に一度教えて貰ったので！　ナビを見ながら行こうかと」

「心配だからついていくわ」

「え、いや、そんな！」

初対面のはずなのに、あまりの心配具合に笑ってしまう。こんなに心配して貰ったのも、初めてかもしれない。他人だからこそ、優しくして貰えるのかもしれないけど。

「それに私の家も札幌なの」

このシロクマにも家がある……

少し驚きつつも、申し訳なさが募る。いくらシロクマと言っても、他人にそこまで迷惑を掛けられない。

手を振りながら遠慮する私に、シロさんは首を横に振った。そして、私の手をふわふわの手で優しく掴む。

そんなシロさんが右手に付けている、薄紫色のビーズのブレスレットが目に入った。お守りみたいに姉が付けていたブレスレットが、脳裏に浮かぶ。それだけは、いくらねだっても、私にはくれなかった。

代わりにと、貰ったのは似たような薄いピンク色の石がついたブレスレット。

「それより、こんな時期にお姉さんの家にって何かあったの？」

シロさんの鋭い指摘に、喉がひゅっと締まって、涙が出そうになる。大学入試が不合格だったことよりも、気を遣ってくれないお母さんの発言に私は傷ついた。元カレのことだって、まだ好きなわけじゃない。それでも、どうでもいい人間みたいに扱われたことが、私の胸の奥で傷になっている。

ぐっと飲み込んで、シロさんには笑顔を作ってみせる。

あんなに辛かった思いが、するりと何でもないことのように言葉になっていった。

「彼氏に振られたんです。あと、大学も落ちちゃって、それで親と喧嘩して家出中です」

「あら……不幸の欲張りセットね」

「不幸の欲張りセットって」

癖の強い言葉の選択に、悲しかった記憶よりもおかしさが勝《まさ》った。

言われてみれば、確かに不幸の欲張りセットだ。大学に受からなかったのは、私の努力不足だし、彼に振られたのは、タイミングだと思うけど。親との喧嘩は、ただ不幸な出来事だ。

私は悪くない。今まで我慢してきたんだもん。

だからもっと素直な言葉が出た。

「お姉ちゃんに慰めて貰いたいな、って」

「優しいお姉さんなのね」

「あーどうでしょう？　優しくは、ないかもです」

「えっ？」

「女王様みたいな。偉そうな人なんですよ。自分が一番みたいな」

言葉にしながら、つい頬が緩んでしまう。家の中では、お姉ちゃんが一番だった。

それでも、認められていたのは、本当に偉かったからだと思う。

きちんと学業もこなして、親からの仕送りもなく大学に通っている。しかも、国公立の大学という、親が喜ぶ大学。私みたいに不合格ではなく、一発合格を決めていた。

「嫌いなんです、お姉ちゃんのこと。ずるいんですよ、なんでもできて親からも要領よく愛されて」

「嫌いなのに、会いに行くのね……」

「嫌いなんですけど、好きなんですよね」

矛盾してるのはわかってる。それでも、姉は私にとって唯一の人だった。偉そうな言葉や態度のくせして、姉だからと私を気にかける。不干渉なくせに文句を言ってくる親とは違って、過干渉気味。それでも、私のことを思ってくれているのは知っていた。

私は偉そうで嫌いな姉と、比べられることに疲弊していた。でも姉が家を出て一人暮らしを始めた時は、寂しさが私の中で一番に表れた。

「いつも一緒にいて。私が辛い時には偉そうなこと言いながらソーダ味のアイスとか買ってきて一緒に食べたり」

「いいお姉ちゃんじゃない」

「他人から見ればそうみたい、ですね」

「トゲのある言い方するじゃない」

私が一番、お姉ちゃんに対して怒ってるのは……私に言わずに家から離れた大学に決め、家から逃げ出したことだ。

親は都合のいい時だけ、親面をして私たちに干渉する。お姉ちゃんだってそんな親を嫌っていた。だから逃げるのもわかる。でも親と喧嘩をするたびに、傷つけられるたびに、私たち姉妹は二人で慰め合ってきたはずだった。

お姉ちゃんは私一人だけあの家に置き去りにして逃げた。そのことが、何よりも憎い。腹立たしい。許さない。そう思うのに、私が逃げて向かう場所は、やっぱりお姉ちゃんのところしかないのだ。その事実にうんざりする。

苛立ちを隠すように手のひらで、キャリーケースを力強く握りしめた。そして、電車の揺れに振り回されないように足を踏ん張る。

「ずるいんです、お姉ちゃん。いつだって自分一人だけ立ち上がって逃げ出しちゃう」

他人、他クマ？　だからだろうか。

するすると唇からお姉ちゃんへの怒りが言葉に変わって出ていく。もう関わることもないからいいや、と投げやりな気持ちも混ぜて。

「私のことがどうでも良いとかじゃないいんだろうけど、お姉ちゃん一人だけこんな遠い離れた地に逃げて楽しくやってるなんて、ひどい話だと思いません？」

一方的な嫉妬だ。私だって逃げようと思えば、逃げ出す術《すべ》はあったはず。私は立ち向かう勇気も、気力もなくて、言いなりになってただけ。だから、お姉ちゃんを責める資格なんてない。

シロさんは「そう……」と小さく呟く。そして気付いたように、誤魔化すように私の名前を聞いた。

「んっと、お名前は？」

「あぁ、恵です。恵まれるの恵。何にも恵まれませんでしたけど。学力も見た目も、バイタリティも、お姉ちゃんがお母さんのお腹の中から全部吸い取って生まれてきたんじゃないかな」

我ながら卑屈だなと思いながら、軽く笑い飛ばす。

木々の合間をすり抜ける電車の窓を眺めれば、遠く北海道の地に来た実感が湧き始めた。うっすらと残っている雪は泥に塗《まみ》れてあまりキレイではないけれど。自転車で走れるように舗装された道路。そこを歩くマフラーをつけた学生。

電車のスピードが速いからか、すぐに通り過ぎていく。斜めになった屋根が多いなぁと思いながら、住宅街を抜けるのを眺める。

「シスコンだ」

不意なシロさんの言葉に、一瞬ムカっとした。でも、考えてみれば、間違っていない。

「本当の意味での、コンプレックスですね」

「優しいから嫌いになれないみたいな?」

つい声を荒らげそうになって、周りを見渡す。いつのまにか乗車客は、観光客みたいな人たちだけじゃなくなっていた。

制服を着込んだ高校生。スーツ姿のサラリーマン。スマホを触ったり、友だち同士で話したり、自由に過ごしていた。

気持ちを落ち着かせて、わざとゆっくりと口にする。

「優しい時もありますけど、性格クッソ悪いんですよ。なんでもかんでも私のことを小馬鹿にして」

口にして嫌な記憶が蘇る。お姉ちゃんは覚えてないだろうけど、遊びのような感覚のままお風呂で溺れさせられたし、「そんなこともできないの?」と私を嘲笑った姿を忘れていない。

ただ、辛い記憶の中でも、優しさがあまりにも心に染みている。だから、唯一の甘えられる存在で、嫌いになりきれない。

「でも、いざとなったら頼りになるんでしょ」

シロさんがムキになって私の言葉に被せるように口にする。まるで、本当にお姉ちゃんみたいだなと思った。シロさんがいくつくらいなのかは、わからないけど。

「そうですね。だから、会いに来ちゃった」

「お姉さんも嬉しいんじゃないかしら」

「そんなことで逃げ出して、とか言いそうな気がしますけど。なんだかんだ受け入れてくれる気がします」

シロさんと話しているうちにどんどんと目的の札幌は近づいていたらしい。

急にビルが立ち並ぶ現代的な街並みに突入した。

「次は、札幌、次は札幌」

アナウンスと同時に、シロさんが壁から離れる。

「駅は結構人混み多いから気をつけてね」

「はい」

「はぐれたら改札前で待ち合わせね。東改札口」

「本当についてくるんですか？」

さらりと待ち合わせ場所を指定されて、戸惑いがちにシロさんの顔を見つめた。

シロさんは、当たり前と言いたげな表情で頷く。

一人ぼっちの旅よりも、シロさんと居た方が、辛い記憶を思い出さなくていいか。

自分に言い聞かせて頷いた。

「手でも繋ぐ？」

ちょっと嬉しくなった提案に頷きかけて、シロさんとの身長差を考えて、お断りしておいた。キャリーケースを引きながら手を繋ぐのはちょっと、体勢がキツそうだ。

「大丈夫です」

駅に到着した途端、降りる人たちの波にさらわれてシロさんとはぐれかける。それでも、ホームに降りてしまえば人混みがあるとはいえ、ほどほどに空間は空いている。

冷え切った空気を胸いっぱいに吸うと、寒さに体が少し震える。私の住んでいる地域より確実に低いであろう気温が今北海道にいることを実感させた。

迷うことなくまっすぐ階段を降りていくシロさんの後ろ姿を追いかける。すれ違う女子高生たちが振り返っていたから、やっぱり珍しいんだと思う。電車ではみんな、当たり前のような顔して見ていたけど。

階段を降りきれば、改札内だというのにハンバーガー屋さんやコンビニが賑わっている。都会だな、とキョロキョロしていればシロさんを見失いかけた。慌てて追いかけて改札口を出れば、シロさんが振り返る。

「ちゃんとついてきてるね！」

「見失いませんよ」

「お姉ちゃんの家までは、地下鉄だよね？」

シロさんの提案に、悩む。

ナビで見た限りは、地下鉄だと思う。南北線の駅からバスで数分だったはずだ。

「南北線」

「真駒内《まこまない》かな」

「ですです」

「じゃあこっち、あ、お腹とか空いてない？　何か食べる？」

歩き出そうとしたシロさんが、ピタッと止まるから躓《つまず》きそうになった。踏んでしまったら、ふわふわの白い毛に汚れをつけてしまっていただろう。コートを着ているから、コートを汚すくらいか。

「あ、大丈夫です。とりあえず行きましょう」

それよりも早く、お姉ちゃんの家に辿り着いてゆっくり休みたかった。思いつきで来てしまったからご飯なんて、朝しか食べていないのに、お腹も空いていないし。せっかくの北海道なのに、海鮮もスープカレーも、ラーメンも、目に映る広告は私のお腹を空かせてくれない。

シロさんについて地下鉄に乗り替えれば、混雑した車内にめまいがした。

揺られながら真っ黒な窓を見つめる。不意に景色が変わり札幌の街並が目に入った。

とまどいながら真駒内へ到着したアナウンスに耳をすませる。

シロさんに手を引かれながら地下鉄を降りれば、地下鉄という名前なのに何故か地上に出る。

「不思議だよね、地下鉄なのに」

慣れたようにシロさんは、また改札へと階段を下っていく。何度も通い慣れた道のように歩くから、疑問に思った。

「シロさんもよく来るんですか？」

「真駒内？」

「はい」

私の問いに、シロさんはうーん、と考え込んでから顔を上げて、「大学生なのこれでも」と恥ずかしそうに答えた。見た目から年齢はわからないし、シロクマも大学に通うんだという言葉が出そうになる。差別かな、とも思って黙っておいたけど。

「そうなんですね」

「でね、多分だけど、お姉さんと同じ大学かな」

「えっ？」

「ここらへんの大学ってことは、きっとね」

うんうんと頷くシロさんに、手を引かれながらバス停へ案内される。地下鉄の駅を出ればたくさんのバスが行き交っていて、一人だったら迷いそうだ。

「お家の住所教えて」

シロさんに尋ねられて、スマホのメモ画面を見せる。シロさんはふわふわの手で私のスマホをじいっと見つめて、そっと撫でた。

「わかった、っていうか、うん」

「なんですか？」

「私のアパートと一緒だね」

「へ？」

そんな奇跡が、あるだろうか。同じ大学の学生で、同じアパートの住人。お姉ちゃんとも面識があるんだろうか？　でも、面識があったらさすがにすぐに気づくはず。だって、私とお姉ちゃんは、双子と間違われるくらいにそっくりなんだから。

「あ、今ちょうど止まってるバスだよ！　行こう！」

私のスマホを持ったまま、トタトタと走り出すシロさんを追いかける。走っている姿すら、可愛い。私も今からでも、シロクマになれたらいいのに。

バスに乗り込めば、むわんっとした熱い空気に晒されて、熱が体に篭《こも》る。運良く空いていた二人用の席に座れば、シロさんからスマホを返された。

「ごめんね、急いでたから私がずっと持っちゃってた」

「大丈夫です」

リュックを胸に抱えて、通路にキャリーケースを置く。邪魔にならないように乗ってくる人の様子を見ながら。

誰も通路を通ることなく、バスが「発車します」の合図とともに動き出した。マンションたちを通り抜けながら、バスが進んでいく。ここが姉の住んでいる場所か、と思いながら窓の外をシロさん越しに眺めた。

「来たことないの?」

「一度も」

「じゃあ窓側を譲ってあげればよかった!」

大げさなリアクションを取って私の手を握ってくるシロさんの優しさに、我慢していた気持ちが溢れそうになった。

誰かに触れたのはいつぶりだろう。

彼氏と手も繋いだし、キスだってしたけど、それすら遥か遠い記憶になっていた。

そんなところが、彼は嫌だったのかもしれない。

A判定を取れていたとは言え、成績はギリギリだった。そんな私には恋愛にうつつを抜かしている余裕なんてなかったし、実際に大学受験には落ちてしまった。だから、今から過去に戻れたとしても、どうにもならない気がする。

「辛かった？」

窓の外を見つめたまま、呟くように聞かれ、周りには聞こえない声で、「はい」とだけ小さく答えた。

シロさんの手が私の手を、背中をさするみたいに撫でてくれる。

窓の外の景色はどんどん移り変わって、いつのまにか住宅街のど真ん中を走っていた。お姉ちゃんの住んでいるところはもう近いかもしれない。

特別な場所のように思えていたのに、いざ目の前にすれば、なんてことのない街だ。歩いている高校生。

道路を走るタクシー。

大きめのお蕎麦屋《そば》さん。

普通の、人が暮らしている街。

当たり前のことなのに、お姉ちゃんが住む街だから、もっと、なんだろう。うまく言葉にならないけど、もっと特別な場所な気がしていた。

「次のバス停で降りるよ」

「もうですか」

「もうって言っても十五分くらい乗ってたけどね」

シロさんが、降りますのボタンを器用に手で押す。バス停で降りれば、大学がすぐ目に飛び込んできた。

見上げるほど高くそびえ立つおしゃれな大学。茶色のレンガで彩られていて、全面ガラス張りなのも、私の想像していた大学よりもおしゃれに見える理由かも。

見つめていれば、シロさんは今来た道の方に歩き始める。大学の方に行くのかと思ったのに。

「大学から近いんだけど、道はこっちなのよ、大学入ってみたかった？」

「いえ、明日姉に連れて行って貰います」

「そうね、それがいいかもね」

シロさんの後ろを付いて、道をクネクネと曲がりながら小さいアパートにたどり着く。一軒家に見えなくもない、四部屋くらいしかないアパートだった。

ポケットにしまっていたスマホを取り出して、部屋の番号を確かめる。

二〇五……二〇五……？

数字がおかしい。どうみても扉は四つしかない。お姉ちゃんから聞いた時に、メモを間違えたのかもしれない。

慌ててメッセージアプリを立ち上げて、お姉ちゃんに送った「お姉ちゃんのとこ行く」というメッセージを確認する。既読は付いているのに、返事は来ていない。

電話を掛けてみれば、「電波の通じない……」とお決まりの言葉だけが返ってくる。

片っ端からチャイムを鳴らすしか、ないんだろうか。二〇五とメモしているからには、二階なのは確かだろう。であれば、二択だ。

「どうしたの？」

一人で悩んでいた私に痺れを切らしたのか、シロさんが上目遣い気味に私を見つめる。

「部屋番号が二〇五になっていて」

「ない、わね……そんな番号」

「ですよね」

とりあえず階段を上り始めれば、シロさんも付いてくる。

「ここからは大丈夫ですよ」

断ろうと振り返れば、シロさんは首を横に振って気まずそうに笑った。

「二〇二なのよ、私の部屋」

「あ、そうなんですね。勘違いしちゃいました」

であれば、残りの二〇一が正解だ。二〇一と二〇五を間違えるなんて意味がわからないけど。

ピンポンを押そうとして、郵便受けをみれば、無人だと主張するような貼り紙。チラシの投函はご遠慮ください、と不動産屋の名前で書かれている。

じゃあお姉ちゃんの家は、どこ？

「ここまで来たのに」

つい口にしてから、ぐっと唇を噛み締める。何もかもうまくいかない日なのかもしれない。お姉ちゃんは、私に失望した？　だから、私に会いたくなくて、既読無視してるのかな。

扉を開けていたシロさんが、見かねたのか、私に優しく声をかけてくれた。

「今日はうちに泊まれば？」

その言葉に思わず顔を上げる。

「でも」

「だってお姉さんの家わからないんでしょ……？」

それはそうだ。私だってこんなことになるとは思っていなかった。バイトで貯めていたお金があるとは言え、何日間もホテル泊まりできるだけの余裕はない。しばらくお姉ちゃんの家に、泊めて貰うつもりだったのに。

「私の家は大丈夫だし、お客さん用の布団もあるから。こんな時間だし」

「ホテル、探します」

さすがに他人にそこまでは、甘えられない。

断ろうと首を横に振ったけれど、シロさんは私の背中をぐいぐい押して部屋に引き摺り込んだ。

「それくらい甘えなさい」

「でも」

「でもも、だっても、ないの！　はいはい、入る！」

シロさんの有無を言わさない言葉に押され、お家へとお邪魔する。

良い香りのする部屋は整理整頓されていて、とても綺麗だった。

「明日のことは、明日また考えよ」

「はい、すみません」

「いいのいいの。どうせ私も春休み中で暇だったし。さて、ご飯どうしようかな。あ、うちの学生が行くご飯屋さんに行こっか。バス停の通りに、定食屋さんがあるのよ」

荷物をとりあえず置かせて貰って、シロさんに勧められてソファに座る。あったかいお茶を差し出しながら、シロさんが独り言のようにぶつぶつと言葉にする。

「はい……」

「落ち込まないで、ごめんね」

「なんで、シロさんが謝るんですか」

「住所を見せて貰った時に気づければ、ホテルに泊まるとかもできたかなって」

シロさんは何も悪くない。勘違いしてメモした私が、百パーセント悪い。

いただいたお茶を一口飲み込めば、冷え切った体に優しさが広がっていった。

私がお茶を飲んでいる間に、シロさんは布団を敷いてくれた。キレイに整えられた布団に転がれば、涙が溢れてくる。

逃げてきたのに、これからどうしたらいいんだろう。今まで、自分で決断したことなんかなかった。帰るのはイヤ。でも、お姉ちゃんもいない。

シロさんに押し切られなかったら、泊まるとこもなく、きっと北海道の寒さに凍えていた。私、どうしたらいいんだろう。誰か、教えてよ。

第二章　スープカレーと観覧車

昨夜はあんなに不安だったのに、他人の家で寝たとは思えないほどの快眠だった。想像よりも、体は疲れ切っていたのかもしれない。

鳥の鳴き声で目を覚ませば、ぐーっと伸びをしたシロさんと目が合った。

「おはよ、恵ちゃん」

「おはようございます」

しぱしぱする目でシロさんを見てから、お姉ちゃんのことを思い出してスマホを確かめる。メッセージは一件。【しばらく、帰らない。観光でもしたら？】だけ。

家はどこかという質問や、会いに来たという私の言葉は完全スルー。

観光でもするよ。するけど……「どこに行くの」と打ち込んで送っても、すぐには既読にはならない。

家を飛び出してきた妹が、心配じゃないんだろうか。いつもだったら、もっと寄り添ってくれるのに。私が受験勉強に嫌気がさして泣き言を送った時だって、数秒で「大丈夫だって」と返ってきた。思えば、お姉ちゃんがこんな淡白なこと、今までなかった気がする。

メッセージで弱音を吐けば、すぐに着信があって、いつもの偉そうな口調で「またそうやってぐずぐずする！　大丈夫だって言ってるから、大丈夫なのよ！」とお姉ちゃん節を炸裂させていた。

朝からスマホばかり触る私を非難するでもなく、シロさんは心配そうな顔で見つめている。

「お姉さんから返信きてた？」

「しばらく、帰らないそうで……」

はぁ、とため息が出る。そんな私にシロさんがこてんと首を傾げた。

「あらぁ、じゃあしばらく家に泊まってもいいわよ」

「さすがにそれは……」

「札幌観光してる間だけでも、ね！　どうせ私も春休み中だし。付き合うわ」

少々強引なところも嫌じゃないのは、シロクマの見た目だからだろうか。

私は思ったよりも、単純みたいだ。

昨日は怒りに任せて家を出てきてしまったけど、シロさんと出会えてよかったと既に思っている。泊めて貰うなんて迷惑をかけてしまったけど、少しだけ心が凪《な》いでいる。

ぐぅううとお腹が鳴った。ごはんをご所望らしい。シロさんも私のお腹の音に釣られて、こちらを見て笑っていた。

「じゃあ、まずは美味しいものでも食べに行きましょう！　カレーはお好き？」

「よく食べはします」

「じゃあスープカレー食べに行きましょう！　地下鉄に乗って行くわよ！　あ、キャリーケースは邪魔だろうから置いていって良いよ」

シロさんの言葉に甘えて、キャリーケースを部屋の隅っこにおいやって着替える。

昨日は、骨身に染みる寒さだった。

防寒具も追加したいところだけど……お金の余裕があるとは言えないからどうしようかな。

迷っていると、シロさんが私の肩をつついた。

「あ、よかったらこのコート使う？　私のサイズには合わないから」

シロさんから差し出されたコートは暖かそうなピンク色のピーコートだった。私の好きなデザインで、一瞬考えてしまう。そこまで甘えるのは、流石に申し訳ない。

「貰い物なんだけどね……着れないサイズだから」

けれどダメ押しでそう言われてしまった。

確かにシロさんが着ると、さすがにコートは小さすぎるかもしれない。

私に無理やり着せるように腕を通させてくるシロさん。抵抗もしづらくされるがまま、立ち尽くす。

コートは、私のサイズにぴったりだった。シロさんは嬉しそうに私の周りをくるくる回る。

「やっぱり、ピッタリね！　風邪を引かれても困るからそれ着ておいて」

「でも」

「でもも、だっても良いのよ！　貰えって言ってるわけじゃないし、借りておきなさい」

ビシッと私に人差し指を突き立てて、腰に手を当てる。可愛いのに、なんだか偉そうでお姉ちゃんと重なった。つい、甘えたくなってしまう感じは、お姉ちゃんと年齢とかも近いからだろうか。

「じゃあ、ありがたく」

「よし、出発進行！」

そんなわけで話がまとまって、慣れた道をとぽとぽと進むシロさんの後ろを歩く。

昨日は、夕方だったからあまり周りの様子を見られていなかったけど、至って普通の住宅街に見える。札幌は、私が想像していたよりも都会ではなかった。想像通り雪は、降り積もっているけど。

昨日と同じようなバスに乗れば、地下鉄の駅があっという間に見えてきた。この街に慣れてきたなと、二日目にして感想を抱いた。昨日も乗った地下鉄は、代わり映えしない。

地下鉄に体を揺られながら、シロさんと他愛もない話を繰り返す。まるで、私とシロさんは、元々の知り合いだったみたいだ。

時折、核心をつくような質問にぐっと息が詰まることもあるけど。

「何が不満だったの」

「家族のですか？」

聞き返してから考える。

私を見てくれなかったこと、姉と比較されたこと、いくらでも思いつく。それでも、人に話すには子供じみていて恥ずかしくて、言葉にしづらい。

出来るだけ無難そうなところだけを口にしよう、とゆっくり口を開いた。

「――慰めてほしかったのかも。受験だって自分なりに頑張って一年を費やしたんですよ。私の実力不足だったとしても、親には寄り添ってほしかったなぁ。なんて」

「甘えたかったのね」

「だって、今まで甘えられることなんてなかったんですよ。私が良い点数を取ってきても、ふーんだけ、バイトを始めても、そう、だけ。私に何の興味もないくせに、悪いところだけ見られるのが辛かったんです」

うまくオブラートに包んで話そうとしていた。それなのに、今まで言葉にしてこなかったせいで、どんどん言葉は素直になっていってしまう。

恥ずかしい子供のままの私。誰にも見せたことのない、心の中の幼い私だ。親の顔を思い出して、首を横にブンブン振って振り切る。

今は楽しいことだけ目に映したい。

そんな私の頭にシロさんのもふもふの手がぽふんと置かれた。

「数日だけでも、私には甘えても良いわよ」

「シロさん……！」

「近い！」

抱きついてもふもふの毛皮に顔を埋めようとすれば、シロさんの短い手が私のおでこを押さえつける。

「甘えて良いって言ったのに」

「そういう意味じゃない！」

「ひどい！」

言い合いをしているうちに、地下鉄は大通《おおどおり》駅に着いていて、二人して慌てて立ち上がって電車から降りる。

おかしくなって、お腹を抱えてくすくすと笑い合いながら。素直に言うことがこんなに楽になれることだとは思わなかった。

「こっちよ！」

迷路のような道をするすると進んでいく背中に、シロさんの鞄のストラップを握りながらなんとかついていく。ナビがあれば一人で確かにたどり着くことはできたと思う。それでも、こんなに周りを観察できなかったかも。

改札を通り抜けて、階段を上って地上に出る。

冷え切った空気が顔に吹き付けて、北海道らしさを見た気がした。

北海道の三月はまだまだ寒いみたいだ。私の地域ではもう桜の芽がつき始めていると言うのに、緑の気配は一ミリもしない。その事実が心地よくて、胸いっぱいに空気を吸い込む。

肺の奥から空気が身体中を冷やして、冷静にさせてくれる気さえしてきた。

「こっちよ」

深呼吸を繰り返していた私を引っ張るように、シロさんは鞄のストラップをぐいぐいとしならせる。

ついていけば、観覧車が目に飛び込んできた。横に目線を移せば狸小路《たぬきこうじ》と書かれたアーケード街からは、賑やかな音がしている。人々が行き交う様は、私をまるで異物と言っている気がしてくる。

楽しそうに手を繋ぐカップル。子供を抱きあげて頬擦りする親子。私が欲しかった理想がその場に固まっているみたいで、目を塞ぎたくなった。

「恵？」

そう声を掛けられて、ようやく呼吸ができた。

私は幸せそうな光景から目を引きはがして、シロさんに作った微笑みを向ける。

「ううん、なんでもないです。あっちですか？」

「観覧車の方よ」

いつのまにか、ちゃん付けもなくなった呼び方に微かに嬉しさを感じてしまうのは親しくなった気がするからだろうか。

シロさんのことも、呼び捨てにしようかと迷って、それは失礼な気がしてやめた。

観覧車の方に向かって歩けば、観覧車はビルの上にドンッと構えていた。じいっと見つめる私に勘違いしたのか、シロさんが観覧車を指さす。

「ノルベサ乗る？」

「ノルベサって名前なんですね？」

「あの観覧車に乗る、べさでノルベサ」

「え、そう言う意味で？」

「本当の意味は知らないわよ」

ないはずの観覧車に乗った記憶が脳裏にチラリと浮かんで、ため息が溢れた。遊園地に行った記憶なんてほとんどないのに。映画とかドラマとかの記憶と、混同しているんだろう。

「とりあえずお腹空いたからスープカレー食べてからね」

「はーい」

乗りたかったわけではないけど。

せっかく札幌まで来たのだから、観光スポットは寄っておこう。あれだけ高ければ、札幌の街並みを一望できるだろうし。

ノルベサのすぐ近くに、スープカレーのお店はあった。

黒塗りの扉は、まるでお店の扉じゃないみたい。一人だったら開けるのは躊躇っていたかも。

シロさんが気にもせず開ければ、カランカランと上の方に付いていた鐘が鳴った。

「いらっしゃいませー！」

店員さんの明るい声に釣られて顔を上げれば、扉の先は階段。

珍しい形のお店に、心がワクワクと跳ね上がる。一段一段上っていけば、木を基調としたおしゃれな空間が広がっていた。二人がけの席が多く用意されているけど、カウンター席もある。テイクアウトと書かれた貼り紙も。

ほんのり薄暗い黄色っぽい照明が、ムーディーな雰囲気を醸し出している。案内された席に座れば、シロさんがメニュー表を見せてくれた。

「おすすめは、チキンレッグ、あとラムね」

「ラムは、食べたことないのでチキンレッグにします」

迷って困らせたくなくて、おすすめを即座に選ぶ。

すぐ店員さんを呼ぼうとすれば、シロさんのもふもふの手に止められた。

「まだよ」

「え？」

シロさんはメニュー表に書かれている項目を、指差しながら読み上げていく。スープカレーはメイン食材のページと、私は気付いていなかったけど細かいセレクトがあるらしい。

「はい、ここが追加トッピング。で、スープの種類と辛さとご飯のサイズね」

選ぶものの多さにめまいがしそうだ。

メニューをじいっと眺めて、追加トッピングはとりあえず選ぶことをやめた。

そこでふと、自分で何かを選ぶのはいつぶりだろう……そんなことを考えてしまった。同時に、何かが考えるのをやめろというように叫び、私はメニューにさっと目を走らせて顔を上げた。

「全部普通で、スープは一番人気のやつ」

待たせるのも、申し訳ない。だから一番人気や、普通と貼られているものにしようとしたのに……またシロさんが私を止めた。

「本当にそれが良いの？」

シロさんの言葉に、一呼吸分息が止まった。

私が諦めてきた『選ぶ』ということ、それを避けたのを見抜かれている気がしたから。

「追加で食べたいものはないの？」

選ぶことが、私は昔から苦手だった。

苦手だった？　本当に？　親が先回りして勝手に選んでいただけじゃない？

私が望んでることは？　わからない……選べるお姉ちゃんが羨ましかった。好きなものを語るお姉ちゃんが、羨ましかった。だから、私お姉ちゃんの好きなものを、自分の好きなものだと言い張ってきた。

彼に選ばれた時だって、そうだ。彼が選んでくれたから、私も彼と付き合うことを選んだフリをした。自分の本当の選びたいことなんて、今だってわからない。

メニューという、こんな小さなこと一つとっても。

うなだれて、シロさんに力なく首を振る。

「わからないです」

「好きなものくらいあるでしょ？」

シロさんの言葉が鋭い刃のように胸の奥に突き刺さる。まるで、叱られているみたいに感じてしまった。私は、自分が何を好きかわからない。でも、親に勝手に選ばれる人生も嫌だった。

ごはん屋さんに行けば、親が全て決めていたし、高校だって親の言うとおり選んだ。自分で選べないから。どこがいい？　と聞かれて、すぐに答えられなかった。じっくり考えてみたら、答えは違ったのかもしれない。でも、考えることを放棄して、親の言いなりで生きてきた。

そして、今はただただ、親の言うことに歯向かいたくて、家を飛び出した。生意気で、ずるくて、自分勝手だ。

自己反省会が脳内で勝手に始まりそうになって、首を横に振る。それから、もう一度メニューに目を落として、頷いた。

「ブロッコリーにします」

「わかった！」

お姉ちゃんが、いつだったか帰ってきた時に言っていた「スープカレーの素揚げのブロッコリーっておいしいんだよ！」という言葉を思い出したからだ。

結局私は、お姉ちゃんの二番煎じを自分からするんだ。お姉ちゃんと比較されることを嫌がって、怒っているくせに。

「あ、ラッシーはどうする？」

シロさんはいちいち私に確認を取るように、聞いてくる。自分で選びなさい、と人から言われるのは初めてな気がした。

シロさんが指差したメニュー表の中の、イチゴラッシーという文字に目が留まって、口の中に想像で甘酸っぱい味が広がる。

「イチゴラッシーにします」

「私はプレーンにしよ、すいませーん」

シロさんが頼んでくれているうちに、メニュー表にもう一度目を通す。

私が本当に食べたいものは何だろう。

心の中で問いかけながらメニューを見ても、想像が付かなくて、やっぱり選べそうにはなかった。

シロさんはソワソワという感じで、時折厨房の方を見つめる。私も一緒になって遠目に覗けば、ジュワワという音を立てながら野菜を揚げているところだった。

「一回食べたら恵もハマるわよ」

ドヤ顔で腕組みするシロさんが、あまりにも可愛い。だから、うんうんと大きく何度も頷く。

運ばれてきたスープカレーは、カレーというにはあまりにもスープが緩い。確かに、スープだ。スプーンで掬ってもとろみは一切なくシャバシャバのカレー。

ちらりとシロさんの様子を窺えば、嬉しそうに目をキラキラと輝かせているから正しい形なのだろう。

「ご飯はね、後でスープに入れるでも、スプーンで掬って浸してもいいの」

「そうなんですね」

「とりあえず食べましょ！」

嬉しそうにスプーンを構えて、一口食べ始めたシロさんの真似をしてスープを口に運ぶ。

スパイスが口の中でふわりと弾けて、舌も喉も鼻も刺激した。程よい辛さと、複雑な旨みが喉の奥に落ちていく。辛いのに、ほんのり甘い気もしてくる。スパイスが複雑に絡み合って、一言では形容し難い味をしていた。カレーというよりも、おいしいスープだ。素揚げされた色とりどりの野菜をどれから食べようか迷って、シロさんの真似をしようと顔を上げる。

すごい勢いでシロさんはスープカレーを胃に収めていく。真似をすることは諦めて、一番大きいゴボウにフォークを差し込んだ。

硬いかと思ったのに、噛めばサクッと楽しい食感で、ゴボウの優しい土の香りがふわりと香る。にんじんは多分すごくおいしいんだろうけど、ちょっぴり苦手な甘さが強めなタイプ。ブロッコリーはサクサクとしていて、ニンニクの香りがポテトチップスみたいで食欲をそそる。チキンレッグは、フォークを差し込めばホロリと骨から剥がれた。

夢中になって食べていたようであっという間に、野菜もスープも姿を消す。いつのまにか机の上に届けられていたイチゴラッシーを飲み込めば、甘酸っぱいというよりも甘くて優しい味わいだった。

「おいしかった?」

先に食べ終わっていたシロさんが頬杖をついて、ニコニコと私の方を見つめている。

「おいしかったです」

「おいしそうな顔して食べるから、つい見ちゃった」

スープカレーという未知の食べ物だったけど、おいしかった。また食べに来たいなと思ったくらい。

「また来たいなと思うくらいおいしかったです」

「よかった!　日記にでも書いておきなよ」

シロさんの提案が妙に私の中でしっくり来て、スマホですぐにアプリをダウンロードする。今まで手書きで挑戦しようとして何度も挫折したけど。

ダウンロードを待っているうちに、スマホをスクロールすればメッセージアプリに通知が来ていることに気づいた。開いてみれば、お母さんからで【どこにいるの】と書かれている。

名前を見るのも嫌でお母さんからのメッセージは無視してしまう。

「よし、落ち着いたらノルベサのるべさ〜！」

楽しそうにシロさんがつぶやいた親父ギャグが、面白くなくて、面白くなってきてしまう。口元を押さえて笑えばシロさんは不満そうに、ほっぺを膨らませた。

「笑うとこよ！」

「行きましょ、ノルベサ」

「はいはい」

拗ねてしまったシロさんとお店を出て、ノルベサへと向かう。

スープカレー屋さんからは道を挟んで、すぐの場所にあった。ビルの屋上にあるノルベサは、ビルの前からではだいぶ見上げないと存在を確認できない。

ビルの中に入れば、中心部にエスカレーターが設置されていた。エスカレーターに乗って運ばれながら周りを見ると、一階のお店まで見える吹き抜け仕様だ。

下を見て、ちょっとだけ怖さで体が震える。

「どしたの？」

「高いところ、ダメかもです」

「へ？」

「想像だけで怖くなってきました！」

素直に言えば、呆れた顔でシロさんは私の頬をぺちぺちと挟む。

「やめておく？」

せっかくだから乗りたい。でも怖い。

ぐるぐるな感情の中で、私はまた決められない。

「私の腕掴んでて良いから」

シロさんがもこもこの腕を、私の右手に絡ませてくれる。だから、やめるとも、乗るとも答えられなかった。

屋上に到着すれば観覧車のところに「ノリア」と書かれている。ノルベサじゃなかったの、とシロさんの顔を見ればてへっと舌を出しておどけていた。

「ノルベサは建物の名前みたいね」

「札幌民のくせに」

「乗らないし、普通……」

開き直ったシロさんとやりとりをしているうちに、いつのまにか乗る順番がやってきた。

乗り込んだ観覧車は、大人が四人座ったらギチギチになってしまうくらいの広さだった。

ゆっくりと頂上に上っていく観覧車が、風に煽られて少し揺れる。

ひいっと声が出かけて、握りしめた手をただ見つめた。揺れが大きくなったかと思えば、ポンッと柔らかい手が私の手を包み込む。隣に座ったシロさんが、太ももがくっつくくらい近寄ってきた。

怖くて震えていた私を、見兼ねての行動だろう。

「やっぱ怖かったかぁ」

「シロさん……」

震える声でシロさんの名前を呼べば、ぎゅっと抱きしめられて体温が私に移っていく。心の奥からポカポカと温まり、少しだけ怖さが薄れる。

外を見つめてみれば、青空が近づいていた。

「下見ると怖いから上見な。上、あ、横？」

シロさんの手は相変わらず強く、私の手を握りしめてくれている。そして、安心させるように反対の手は背中を撫でてくれていた。

山の方を見つめれば、立ち並ぶビルが遠ざかっていく。空の青さが目に染みて、心がぞわりと揺れた。

――私、こんな遠いとこに来たんだ。

怖かった気持ちが少しだけ落ち着いた。だから、ちょっとずつ景色を眺めてみる。

ビルの間に、空白地帯を見つけた。あれが多分、大通公園《おおどおりこうえん》。見慣れない街並みは、異物なはずの私にも優しく映る。

体が宙に浮く感覚に慣れ始めた頃、観覧車は頂点にたどり着いたらしく下がり始めていく。純粋に景色がキレイだなと思った。キラキラと光を反射するビルに、ところどころに積もった真っ白な雪。いい街な気がする。

まだたった二日しか過ごしていないし、観光らしい観光なんて、この観覧車が初めてだけど。なぜだか、北海道が急に近いものに感じられた。

「キレイ、ですね」

「見れるくらい余裕出てきた？」

「はい、すごく、キレイですね！」

「夜景も良いんだけどね」

シロさんの言葉を聞いて脳内で夜景に変換してみる。確かにすごく、キレイだろうなぁ。人々の生活している明かりがビルの窓を彩って、暗闇の中を照らす。

私のこれからの人生が暗闇の中な気がしていたのに、たかだかそんな想像くらいで救われるだなんて我ながら子供っぽい。でも、それくらいキレイで素敵な風景だった。

観覧車が回り終えて私たちを、ビルの屋上へと下ろす。ゆっくりと地面を踏みしめれば、まだ宙に浮いているかのように体がふわふわとした。

「ちょっとカフェとかで、休んでく？」

シロさんの言葉にこくこくと頷いて、スマホを開けばお姉ちゃんからメッセージ。開けば、ずらりと観光名所と思わしき名前が書かれている。

大通公園のイルミネーション。

北海道神宮。

中島公園。

ジンギスカンのお店。

締めパフェ。

サンドイッチ屋さん。


お姉ちゃんなりに、私のことを心配してくれているのかもしれない。思いつきで北海道に来てしまったし、しばらく連絡すら取っていなかった。

居なかったことを責めるのは、間違っている。既読無視もしたくて、しているんじゃないのかも。しばらく帰らないと言っていたのは、忙しいだけ。そう信じ込んで、リストを指でなぞる。

お姉ちゃんに会えるまで、めいっぱい北海道を体験しよう。会ったら、おすすめのところに行ったよって報告して、現実に帰る。この中から、選ぶなら何がいいだろう。

スープカレーはおいしかったし、甘酸っぱいものは、好きだった。

そう思って、顔を上げてシロさんに言う。

「締めパフェ！」

「締めパフェ……？　いやぁ、まだやってない、よ？」

シロさんの反応に、何か間違えたのはわかる。今は午後だし、パフェというからには、ちょうどいい時間だと思ったのだけど。どこかお店の名前なのだろうか。

「締めパフェのお店って基本的に夜だからさ。まぁ締めって言うくらいだしさ？」

「そういうお店なんですか？」

「あ、もしかして締めパフェが何かわかってない感じ？」

シロさんが私の返答に、手をポンッと叩いて顔を上げる。もこもこの毛が、どんな行動をしていても可愛く見せるのが正直ずるい。ちょっとバカにしたような物言いだったのに、あまりイラっとは来なかった。

「知らないです」

「お酒飲んだ後に行く締めの『締め』だよ。締めラーメンみたいな」

「あぁ、あーなるほど！」

それは確かに、今の時間やってないだろう。まだお昼もお昼。夕方にも程遠いような時間だ。高校を卒業しているとはいえ、私が一人で歩いていたら怒られそうな。

「締めパフェは、夜食べるよ」

「いいんですか」

「いいも何も食べたいんでしょ？」

お姉ちゃんのリストにあったから気になっただけで、心の底から食べたいか、と言われればわからない。でも気になるのは本当。だから、答えずに頷く。

シロさんは相変わらずニコニコと私を見つめて手を引いて歩いてくれる。お姉ちゃんみたいだな、とふと浮かんだ。そんなことはないのだけど。

「じゃあ、一回休憩挟むよ！」

「はーい」

間延びした返事をすれば、何も言わずにシロさんはノルベサを降《くだ》っていく。どこに行くのかは、もうお任せでいいと思った。私に意思はない。今はその事実に気づけたから、あまり胸も痛まないし。

選べるお姉ちゃんが羨ましかったくせに、私に選べるだけの、心も好きも今はない。

だから、親に選んで貰ったのが正解だったんだ。そう思い込んで札幌の街並みに溶け込む。

これが最初から、正解だったみたい。お姉ちゃんに会えたら、素直に家に帰ろう。お母さんの言うことが正しかった、ごめんなさいって。

来ていたメッセージに返せばいいのに、後回しにしてしまうのは、お母さんと向き合うのは過去のことを思い出して怖いからだ。そして、少しだけチリチリとするこの胸の痛みは、きっと気のせい。

ノルベサを出れば、細い道をシロさんはぐんぐんと曲がりながら進んでいく。知らなかったけど、札幌の道はまっすぐだ。札幌も京都《きょうと》のように碁盤の目の形になっているから、住所がわかりやすいとシロさんが言っていた。

ビル一つ一つにも特徴があって、本当にお店が入ってるの？　と疑いたくなるような細い形だったり、おとぎ話に出て来そうなおしゃれなレンガ調だったりさまざまだ。

アーケードの中を通り抜けて、シロさんが一つのビルの前で立ち止まる。

「ここ！」

シロさんが両手を広げて見せつける場所は、ホテルの一階にある本屋さんらしきところだった。

「本屋さん？」

「カフェも併設してるから、はい、入るよ」

私の後ろに回って、シロさんが立ち止まっていた私の背中をぐいぐいと押す。思いの外強い力で抵抗できずに、入店してしまう。

本の匂いが鼻にふわりと広がって、迎え入れてくれる。歓迎されてるな、とありえない想像をしてしまった。まるで、私を待っていたみたいな感じがする。

「旅するんでしょ」

お姉ちゃんに会えたら帰るつもりだった私に、予想外のことをシロさんが言うから振り返ってまじまじと見つめてしまう。

「えっ、違うの？」

帰るつもり、とは言葉にしたくなくて飲み込んだ。

ふふっと微笑みだけシロさんに返して、本棚を眺める。色々な本が並んでいて、詩的に言えば私を呼んでいるみたいだ。

「何飲む？」

カフェのメニューを眺めながら、シロさんが指さす。コーヒーは苦手。だから、メニューの中に、オレンジジュースを見つけて嬉しくなった。

「オレンジジュース」

「コーヒーは飲めないのね」

「シロさんは？」

「コーヒーにする」

「おっとな～！」

茶化すように返せば、当たり前でしょという表情が返ってくる。飲み物を受け取って席に座れば、シロさんがホットコーヒーを飲んで一息ついていた。

「本、見てきたら？」

「あんまり最近読んでないんですよね、本」

言葉にしてから、いつからだったっけ？　と脳内検索。お姉ちゃんが家を出てった頃くらいだから、二、三年位前からか。

中学生の頃だからゲームにハマったのもあるかもしれないけど、お姉ちゃんがいなくなったからだと思う。

お姉ちゃんが読書家だったから、お姉ちゃんが読んでいた本を、私は読んでいた。それに、お姉ちゃんが「これ面白かったよ」っておすすめしてくれるから、読むようにしていただけで……

自分で読みたいと思って読んだ本はあんまりないかもしれない。お姉ちゃんは、本だけじゃなくたくさんの経験を私にくれた。

選べない私に、何個も選び取っては「これは？」「これは？」「この人形可愛いと思わない？」と私の意見を聞いていたっけ？　あの頃の私は気づいていなかったけど、あれもお姉ちゃんなりの思いやりだったんだ。

「好きじゃない？」

「どうでしょう」

素直な気持ちだった。本を読むのは楽しかったし、すごくワクワクもした。でも、あれが望んでの体験だったかと言えば疑問はつきまとうし、好きと言えるだけの熱量を持っているわけでもない。

「とりあえず気になるの読んでみたら？」

誰かに選んで貰うわけでもなく、本を手に取るのは初めてだ。

シロさんの提案に頷いて、席から立ち上がって本棚を眺めていく。

北海道出身の作家の特集。旅人の話。おすすめの旅。エッセイ。

色々並んでいるけど、やっぱり何を選べばいいのかわからない。背表紙を眺めてタイトルを見ても、内容なんてちっとも想像が湧いてこない。

本を読まないうちに、想像が苦手になっているのかもしれないけど。

色とりどりの本が並ぶ本棚を、指でなぞるように通り過ぎていく。

そのうち、ぴたっと吸い付くように視線が止まった。

まるで私のことみたいなタイトルだと手に取った本の表紙は、女の子とシロクマが手を繋いで笑っているイラストだった。私とシロさんみたいだと思って気になった。

それだけだけど、今、この本を読みたい。自分でそれを選び取れた。その事実に、満足感が心に広がっていく。

シロさんの元に戻れば、私が選んでいるうちにサッと選んだのだろう。「旅のコピー百選」という本を捲《めく》っていた。

「私もゆっくりするから、恵も好きにしていいよ」

シロさんの言葉に甘えてオレンジジュースを飲んでから、ペラペラと本を捲《めく》る。親友も、恋人も、家族も一度に失い絶望の淵でシロクマと出会う女の子。そんな彼女はシロクマと一緒に過ごしていくうちに新しい家族になっていって……というお話だった。

シロさんが、私の家族だったらいいのに。そんな考えが浮かんで、見なかったふりをする。他人だから、私を尊重して選ばせてくれる。他人だから、優しくしてくれているだけだ。

オレンジジュースをストローで吸い込み、甘さと酸っぱさに顔を顰《しか》める。今まで飲んできたオレンジジュースよりも味が濃い。よくよく見てみれば、色も普通のオレンジジュースより濃い気がする。

シロさんはペラペラと本を捲《めく》りながらキラキラとした目で、写真を見つめていた。シロクマだから寒い地域が好きなんだろうか。こっそり覗き込めば、今開いているページの写真には、雪が降り積もっている。

私の視線に気づいたのか、シロさんが顔を上げて「なに？」と小声で問いかけてきた。首を横に振って何もないと伝えれば、また真剣な目で写真を見つめる。

好きなことなんだろうな、っていうのがヒシヒシ伝わってきて羨ましい。落ちた大学だって彼が行くから選んだだけだ。私が行きたかった、わけじゃないと今更気づいてしまった。

お母さんのあの言葉が頭の中で、私を痛めつける。ズキンと痛んだ胸を押さえても、脳内のお母さんは言葉を繰り返す。

「だから、あなたは他の大学にしなさいって！」

お母さんが選んだ大学も、彼が選んだ大学も、私にとっては変わりない。誰かが選んだ大学だ。

お姉ちゃんは自分でやりたいことを見つけて選んだのだろうか。家から出たいという理由だけで、選んだと思っていたけど。

私はお姉ちゃんと、そういう話をしたことがなかった。だから、お姉ちゃんは私を置いて逃げたと思い込んでいた。でも、お姉ちゃんはもしかしてやりたいことがあってここに来たのかな。

だから、帰ってこないの？

だから、私が北海道に来ても知らん顔でどこかに出かけてるの？

……お姉ちゃんと話してみないと答えはわからないけど。

会ってもくれないお姉ちゃんに、冷たい人と一言文句を言ってやりたい気持ちになってしまう。私への思いやりに気づいた今では感謝の気持ちもあるけども。

「読み終わったの？」

一人でぐるぐると家族のことを考えていれば、本から顔を上げたシロさんが手元のコーヒーを一口ゆっくりと飲み、小声で話しかけてくる。私は慌てて首を横に振った。

「あ、ちょっと考え事を……」

「違うのにしてきたら？　いっぱい選択肢はあるんだし」

シロさんの言葉に、すーっと爽やかな風が体を通り抜けていく。

この一冊に執着する必要は、確かにない。他にもたくさんの本が並んでいる。この本が気になったと思っていたけど、内容を読めば読むほど余計なところに頭が行ってしまう。だったら、本を変えればいいのか。

当たり前のことな気がするのに、私は気づかなかった。私が自分で選べないと思い込んでいるのも、失敗が怖いからもあるかもしれない。でも、失敗しても他のことを選び直せばいいんだよ、と言われたみたいに感じた。

「うん、変えてきます」

本棚の前に戻って、じっくりと背表紙を眺める。

私は今何を読みたい？

どんな本が好き？

どんな本が好きだったっけ？

お姉ちゃんに勧められて読んだミステリーは、面白かったな。

建築を利用したトリックに、心がワクワクした。

建築に関連するお話、あったりしないかな。

本棚をぐるぐると見回しているうちに、お姉ちゃんに勧められたその本を見つけた。懐かしくなって手に取る。そのまま席に戻れば、シロさんが私の手元の本を見てちょっとだけ驚いた顔をした。

「それ面白いわよね」

「シロさんも読んだの？　私も読んだけど面白いですよね」

「二回目ってことね、新しい発見があるかもよ」

知っている話だけど、数年経って読めば感覚も変わるだろうか。

ぺらっと本を捲《めく》れば、その世界に吸い込まれていく。

「――恵？」

シロさんの声に現実に戻る。どれくらい時間が経ったのだろうか。窓からはうっすらと夕陽が差し込んでいた。

「集中しすぎてましたね……」

「そんなに面白かったならよかったわね」

意外にストーリーを覚えていて、誰が犯人かも、どんなトリックかも読んでいくうちに思い出した。

建築をテーマにしたミステリーだけど、意外とキャラクター同士の関係性についてが面白い。

二周目だからだろうか、どうしてそんなことをこの登場人物は言ったのか。あの時はわからなかったのに、今はわかった気がして、読み進めてしまった。

「買って帰る？」

「悩むので、とりあえずやめておきます」

「まぁ、旅先で買うのは重くもなるし」

本を本棚に戻して、シロさんと外に出る。

吹き荒《すさ》ぶ風はますます冷たさを増していて、頬を赤く染め上げていく。肺の奥に冷えた空気が入り込むのが気持ちいいなんて、知らなかった。深呼吸を何回も繰り返して、私の中の古い空気を、北海道の新しい空気に取り替える。

「ご飯どうしよっか」

「本読んでたらお腹空いちゃいました……ラーメン、とか？」

「よしっ、ラーメンにしよう！　味噌ラーメン？」

「まぁ、せっかく札幌に来たので」

「塩と味噌と醤油ならどれが好きなの。あと豚骨」

豚骨？　札幌なのに？　と思って固まる。

シロさんは当たり前のことのように何が好きで、どれがいいのか私に選ばせる。

私は好きも、意志もないのに。うーんっと唸りながら考えて、よく家族で食べる塩ラーメンを思い出した。

「塩で」

「ちょっと歩くけど歩ける？」

「はい」

「あーでも締めパフェも行きたいんだよね……」

シロさんがぶつぶつと呟きながら、スマホで道順を確かめている。帰宅部だけど体力には自信があった。習い事で体は、動かしているし。

「私は大丈夫ですけど、シロさんは大丈夫ですか？」

「慣れてるから大丈夫！　じゃあ塩豚骨食べに行こうか」

スタスタと歩き始めたシロさんの鞄のストラップをまた掴んで、はぐれないように進む。お昼頃にはいなかったスーツ姿の人が増えてきていて、道が混雑しているように見えた。

すれ違う人たちに、もう嫉妬の念はなぜか湧かない。

私には想像もつかないストーリーがあるのかもしれないと思えたからだろうか。

あのミステリーは私には、ない考え方だった。昔読んだ時は、全く思わなかったけど。自分自身を守るためじゃなく、誰かを守りたいがために人を殺す。それほどの思いはどこから来るのだろう。

「シロさんもあれを読んだんですよね？」

「うん。あれほど思われるってどれだけ幸せなんだろうなぁってちょっと思っちゃったわ」

シロさんは、主人公側ではなく、守られたヒロイン側に感情移入していたらしい。私とは違う視点で読んでいたことに驚きつつも、シロさんの言葉に喉が詰まる。

私も、それくらい思われていたら、幸せかもしれない。シロさんも、もしかしたら私と同じで何か抱えていることがあるのかもしれない。

一度読んだ本だったけど、主人公には尊敬の念を抱いたし、シロさんの視点を聞いて、ますます、他の人への羨ましい気持ちが落ち着いた。

今は、もしかしたらこの人たちも、私の知らない何かを抱えてるのかも、という興味の方が湧いている。そう思うと、視線があちらこちらに飛んだ。

もふっとシロさんの手が私の肩に置かれる。

「よそ見してたら迷子なるよ」

「ストラップ掴んでるので、大丈夫です」

「喉締まるのよね、それ」

「嫌でした？」

「別にいいわよ、はぐれないなら」

シロさんはやっぱり優しい。この優しさは、シロさんが欲しかったものなのか。それとも、私のことを可愛いと思ってくれているのか。両方な気がする。

たった二日一緒に過ごしているだけなのに。親友や家族よりも、心が近づいている気がしている。

第三章　豚骨ラーメンと締めパフェ

大体十分くらい歩いたところで、ラーメン屋さんに辿り着いた。古めかしい外観で、壁には割れ目が残っている。それでも、店の前には、すでに三名ほど並んでいた。

「少し待つみたいね、メニュー見てましょ」

スマホでシロさんがメニューを表示して私に見せてくれる。おすすめと書かれたものは特にない。

周りの人たちの選んでいるメニューもわからないし……

「塩ラーメンとあと、おにぎり食べる？」

「どうしましょう」

「お腹空いてるなら食べる。空いてないなら食べないでいいじゃない」

あっさりと答えられて、自分のお腹に問いかけてみる。

どれくらい空いてる？

ちょうど答えるようなタイミングで、お腹が動いてぐうぅと鳴った。

空いているみたいな気がするから、おにぎりも食べよう。

「こってりとあっさりはどっちが好き？」

どっちがと言われれば、わからない。こってりとあっさりの違いはわからないし、家族で食べるラーメンにはそんな選択肢はない。

「こってりとあっさりって」

「そのまんまよ、こってりが好きならこってり」

脂物を食べた時を想像してみる。どちらかといえば赤身肉より、カルビや豚トロなどの脂身の方が好きだ。お父さんはいつも「若いからな」って、世間一般的な人たちに当てはめて私のことを知ったかぶったけど。

若いからというより、私の好みがこってりなのかもしれない。

シロさんもいると、自分の知らない自分を知ることが多いな。

回転は早いらしく、前に並んでいた三人がすぐにお店に入っていく。

店員さんに案内されて、私たちの番もすぐに来た。

「で、どっちにするの？」

「こってりで」

「はいはい、じゃあそれで頼みましょ」

店内に入れば、カウンターが十席程度の狭さだった。入り口付近にある券売機でチケットを購入して店員さんに渡す。

空いた席に座れば、すぐにチャーシューを混ぜ込んだおにぎりが出てくる。想定していたおにぎりの二倍くらいのサイズに、少しだけ後悔した。

このあとパフェも食べるのに、食べ過ぎかも。

「食べきれなかったら私が食べるわ」

「シロさん食べられるんですか？」

「見た目よりはね」

ぺちぺちとお腹を叩く仕草をして私を笑わせてくる。後悔が伝わってしまったのかもしれない。ぱちんっとウィンクまで付けてくれたのは、心配してくれている証だろうか。

それほど待たずに、目の前に塩ラーメンのこってりと、シロさんの味噌ラーメンも並べられる。塩ラーメンといってこの店に来たのに、シロさんは味噌ラーメンを頼んでいた。私のも塩ラーメンのはずなのに、見た目は味噌っぽい色をしている。

違いを挙げるとすれば、シロさんのラーメンの方がちょっと濃い色をしているかもしれない。

「味噌ラーメンも、おいしいの。このお店」

「ふぅーん？」

いただきます、と二人で両手を合わせてあいさつしてからスープを一口。

浮いていた脂がガツンと口の中で暴れて、ちょっぴりの辛さとスープの旨みが溶けていく。最後に塩味が、口の中に残った。

「おいしい、です」

「でしょ、おにぎりもおいしいわよ」

チャーシューのおにぎりにかぶりつけば、ごろっとしたお肉が口の中でほぐれていく。あまじょっぱく味つけられたチャーシューの脂と味をご飯が包み込んでいて、おいしい。

麺はいつも食べているものより縮《ちぢ》れていて、スープとよく絡んでいる気がする。気がするくらいだけど。

胃の中からポカポカと温まっていって、外の寒さも忘れられる気がした。ラーメンもおにぎりも、多いかなと思ったのにペロリと食べきれてしまう。

お水を飲み干して、一息つけばシロさんが嬉しそうな顔をした。

「おいしかった？」

「おいしかったです」

私がおいしいと答えるたびに、シロさんが満面の笑みになるのは自分のおすすめが受け入れられたのが嬉しいから、かな。

そんな笑顔に釣られて、私も嬉しい気持ちになってしまった。

「よし、じゃあ締めパフェ行くよ！」

「まだ入るんですか」

「食べたいんでしょ」

お姉ちゃんのおすすめにあったから、たしかに食べたいは食べたい。でも今日一日だけで、カロリーの摂取量がとんでもない気がする。

「もうむり？」

「食べれます、食べれますけど」

「歩いて消費すればいいのよ！」

「そうですけど」

「せっかく来たんだから、おいしいのいっぱい食べなさい！」

自信満々に言い放って、店員さんに「ごちそうさま〜！」と言いながらお店を出ていく。シロさんのバイタリティについていくだけで、カロリーは消費できる気もしてきた。

せっかくの北海道だもん。食べちゃえばいいか。

お店から出て歩けば、冷たい風が顔に吹き付ける。シロさんの後ろをついて歩けば、夜の色を濃くしたすすきのは思ったよりも寒くはなかった。行き交う人々の熱がその場に溜まって暖めているような気がする。

セクシーなウサギの格好をしたお姉さんや、スーツ姿の金髪のお兄さん。夜らしい人々が、街を歩いていた。

「締めパフェどこにしようかなぁ」

「そんなにあるんですか」

「見た目が可愛いとこ、おしゃれなとこ、あとはお酒……って恵はだめだね」

想像しながら指折り数えるシロさんの横で、体が震えた。暖かく感じてはいたけど、さすがに立ち止まると寒さが体に染みてくる。

「どこがいい？」

「さすがにそれは、わかんないですよ」

「一番人気のところは多分混んでるからなぁ。あ、キャラメル好き？」

キャラメル。好き、かもしれない。

お菓子を買うってなった時に、一番に手に取るのはヨーグルトキャラメルだ。キャラメルというよりも甘酸っぱいものが、好きなのかも。

いちごミルクとか、オレンジジュースとか、ヨーグルトとか。ちょっと酸っぱくて甘い味。

「甘酸っぱいのが好きです」

「甘酸っぱいのなら、あそこだな。決まり！　狸小路の方いくよ」

シロさんの後ろをついて歩きながら、人混みに呑まれないようにする。気を抜けば、巻き込まれて違う方向に行ってしまいそうだ。

狸小路も、夜になると雰囲気がまるっきりと変わる。お昼に乗った観覧車のノリアも、様々な色で彩られて一際存在を主張していた。アーケード街を通り抜けて、ぐんぐんとシロさんは進んでいく。

途中、シャッターが降りている店の前でギターを弾きながら歌を歌っている人やイラストを描いている人、ダンスを踊っている人とすれ違った。皆一様に、楽しそうな顔だ。

「初めて見ました」

「あぁ、立ち止まればよかった？」

「いえ、びっくりしただけです」

自分の特技をみんなに見せてお金を貰う。得意があるって羨ましい。私には何もないのに。

「あぁいうのやってみたいの？」

「何もできないので」

「やりたいわけじゃないなら別にいいじゃない」

シロさんは気持ち良いくらい、バッサリと私のウジウジを切り捨てる。やりたいわけではない。すごいなとは思うし、かっこいいとは思う。でも、私自身が歌やダンスがやりたい、とは思わない。

「そうですね」

シロさんの手を掴んで握りしめる。やりたいわけじゃないならいいじゃない。そんなあっさりとした言葉なのに、とても嬉しい。

やりたいことがわからないけど、別にやりたくないことが得意じゃなくてもいいんだ。そんな事実が飛び跳ねそうになるくらい、私を喜ばせた。

「変な子」

「ふふふ、シロさんは何が得意ですか？」

「食べることね」

私も食べることは得意かもしれない。ラーメン一杯で足りないわけじゃないけど、まだまだ食べられる。

シロさんとの共通点と、やっと見つけた私の得意なことに、ますます気分が良くなる。足が軽くなって、ついスキップみたいにふわふわしてしまう。

私の探し方が間違っていたのかもしれない。シロさんの手に掛かれば、私の知らない私が続々と出てくる。

「酔っ払ってるみたい」

「酔っ払ってないですよ、未成年ですもんギリギリ」

「わかってるわよ」

豚骨の匂いがツンッと鼻に刺さって顔を上げれば、ラーメン屋さんが目の前にあった。

ラーメン屋さんで締めパフェ……?

「ここじゃないわよ」

私の心の中を覗いたように、シロさんが答えて握った手を引っ張っていく。

やっぱりシロさんは優しいと思う。見ず知らずのはずの私に、こんなに良くしてくれるんだもん。

ラーメン屋さんの横を通り抜けて、細い道を進んでいけば、シロさんは突き当たりを急に曲がる。パフェと書かれた暖簾《のれん》の掛かるお店が目の前に現れた。ソフトクリームの電飾が淡い光を出しながら、私たちを誘っている。

お店の中に入れば、むわっとした空気にぶつかる。外の気温との高低差で、むせそうになった。乾いた咳をしているうちに、シロさんと共に席に案内される。

店内にはカウンター席と、ソファ席が数席用意されていて、お客さんで賑わっている。席毎に、イスの種類が違う、おしゃれなお店だった。

奇跡的に私とシロさんで、満員になったみたいだ。

温かいおしぼりで手を拭いながらメニューを見ると、手書きのイラストと毛筆でメニューが書き出されていた。

梅？　ピスタチオと塩キャラメル？

想像していたパフェからはちょっと離れた食材に驚く。

私の顔を見て、シロさんがくすくすと笑う。

「その顔が見たかったのよ」

「梅、梅っておいしいんですか」

「おいしいわよ、梅にする？」

梅も捨てがたいけど、ピスタチオも気になる。悩んでいる私に、シロさんが悪魔の囁きをした。

「両方食べる？」

「さすがに食べ過ぎです！」

「冗談よ。片方は私が食べるから一口食べれば」

「いいんですか」

「二人で来る醍醐味よ」

シロさんの提案に頷く。今日初めてすんなりとメニューを選べたことに気づいて、心の中でびっくりした。

どれにしよう、とは思ったけど、それはどちらも気になるからだった。自分で選べなくて悩んだのじゃなくて、どちらも選びたくて悩んだ。

シロさんが毎回聞いてくれるからか、少しずつ私は変化しているのかもしれない。他の人にとっては当たり前のことかもしれないけど、私にとっては大きいことだった。

届いたパフェはカラフルで、ＳＮＳ映えしそうな見た目だ。どうやって食べようか思案していれば、シロさんはためらいなくざくっとスプーンを差し込む。

思い切りの良さに、悩んでいたことがバカらしく思えてきて私もスプーンを突っ込む。

「はい、あーん」

自分のパフェにスプーンを差し込むと同時に、口元にシロさんのスプーンが近づけられていた。パクッと口に含めば、梅が甘酸っぱい。豆の香ばしさもあるし、おいしいけど不思議な味だ。

「ちょうだい？」

スプーンを私の口に突っ込んだまま、手を離してシロさんはあーんと口を開けて待ち構える。私もどうやらしなきゃいけない流れらしい。ザクっと掬ったスプーンからキャラメルがこぼれ落ちそうになっている。

「はい、どうぞ」

口に運べば、ヒナのように口を動かして頬に手を当てた。

「おいしいね、塩キャラメル！」

「はい、あ、スプーン」

「そのままそっち使って。そのほうがいいでしょ」

賢い！

言いかけて、シロさんが年上のお姉さんなことを思い出してやめた。シロクマの見た目をして、きゅるんっとした行動ばかり取るからついつい年下、同い年くらいの感覚になってしまう。

だからこそ、こんなに親しい気持ちを持って二人で出かけられるのかもしれないけど。

自分のパフェを口に運べば、塩キャラメルアイスの塩味ととろりとした食感が口の中でとろける。しょっぱ甘くておいしい。

つい緩んだ口元も隠さずに口に運ぶ。

「甘いもの好きなのね」

シロさんの好きなのねという言葉に、たまらなく嬉しくなる。

好きだ。甘いものがたしかに好きだ。初めて食べたのは、記憶にないし、お母さんもお姉ちゃんも甘いものが好きだったから。私の家のお菓子といえば、甘いものばかりだった。

アーモンドチョコレート。

クリスマスのバターケーキ。

誕生日のショートケーキ。

試験お疲れ様のアイスクリーム。

あの時は、お母さんかお姉ちゃんが好きだったから買ってきているのかと思っていた。でも、お母さんは私が好きだと思っていたから買ってきてくれていたのかもしれない。

いつも勝手に選んで、なんて思っていた。

お姉ちゃんが好きだったチョコレートアイス。私は、チョコレートアイスが少し苦手で、いちご味の方がいいのに、と恨めしく思っていた。でも、言えばヒステリックになると思って黙っていた。

それに、お姉ちゃんがチョコレートを選ぶから、残り物でいちご味になっていると思われていたのかも。

「手止まってるけど、梅のほうが良かった？」

お姉ちゃんはいつもチョコレートアイスを選んでいたけど……私と二人でこっそり

アイスを食べる時は、ソーダ味のシャリシャリとしたアイスばかりだった。本当は、何味が好きだったんだろう。

姉妹なのに、お姉ちゃんの好きな味も私はわからない。

「恵?」

もう一度名前を呼ばれてハッとした。

見ると、交換してくれようとしていたのか、シロさんのパフェもあまり進んでいない。さっきの私の一口分とシロさんの一口分くらい。

ラーメンの時も、スープカレーの時もそうだった。

シロさんはいちいち私の反応を窺ってから食べ始めていた。

「シロさんはどっちのほうがおいしかったですか?」

私の言葉に、シロさんがんーと首をかしげて自分のパフェを指した。

「私は、こっちかな」

「よかったです、私もこっちの方が好きだったので」

お互い好きな方を頼んでいたことに安堵しながら、微笑んでみる。シロさんの口元も少し緩んでいるように見えた。

きっと、シロさんも本心から梅の味の方が好みだったのだろう。

どうして、こんなたった二日の知り合いに良くしようとしてくれるんだろう。シロさんの心の内側を、聞いてみたくなった。

「なんで私にそんなに気を遣ってくれるんですか」

聞きたくなってすぐに出た言葉は、あまりにも取り繕わない、素直すぎる言葉だった。失敗したかな、とシロさんの顔を見れば、むふっと頬を膨らませている。

「妹みたいだから」

「妹いるんですか」

「そう、いっつも頑張り屋さんで可愛いのよ」

心の底から思っている。そんな優しい目で、私を見ていた。

シロさんは、恥ずかしくなったのか頬を赤く染めながら、パフェを一口食べて「おいしー」なんて感嘆の言葉を口にして誤魔化している。耳も、少し赤くなっているように見えた。

「いいお姉ちゃんですね」

「くそ生意気だし、ぶん殴ってやりたいと思ったこともあるけどね。要領よく、私が受け取れなかった愛情を受け取ってて憎らしいと思ったこともある」

「でも、可愛いんですか」

お姉ちゃんから見た私はどんな妹だったんだろう。かわいい？　都合のいい時だけ甘えてきて鬱陶《うっとう》しい？　憎らしい？

想像して、少しだけ悲しくなった。会ってくれてないことが、それを真実だと肯定しているみたいで。

「憎いは、愛しいの裏返しよ」

「よく言いますけど……」

「愛しいから憎いし羨ましいのよ」

「そういうもんですか」

なかなかに難しい言葉に、頭がこんがらがりそうだった。キャラメルのチップスをぱりんっ、と噛み砕いて誤魔化す。私がお姉ちゃんばかりずるいと思っていたのは、好きだからこそだ。

ひどい、ずるい、私を置いて出ていって。という思いは、最初だけだった。後からじわじわと迫り来るのは、『寂しい』という思い。家に居たって、私が落ち込んでいる時以外、ろくに会話も交わさなかったくせに。

それでも悲しいことがあればお姉ちゃんの部屋に潜り込んで、ソファで寝かせて貰った。ベッドは絶対に譲ってくれなかったのは、ひどい姉だと今でも思う。

勝手に忍び込んでいるくせに、言えることじゃないけど。

お姉ちゃんと話さなくなった明確なきっかけは、何一つない。私はいつだって、お姉ちゃんにくっついて回っていたし、二番煎じを演じていた。私にとっての理想の人間は、お姉ちゃんだった。

スプーンをパフェに沈み込ませれば、底には甘いプリンが隠されていた。

嬉しいサプライズについ、にやけてしまう。

プリンを口いっぱいに詰め込んで、完食。

心の中で色々考えていたのを、シロさんは察していたようだ。テーブルに頬杖をついて、黙ったまま私が食べ終わるのを待ってくれていた。

だから私も、お茶を一口啜って素直に呟く。

「お姉ちゃん、もしかしたら旅行とかも好きだったのかもしれませんね」

「どうして？」

「一人暮らしだから満喫してるのかもと思って」

返事もなかなか来ないし、私が北海道に来ているというのに会ってくれないのは遠いところにいるからかも。

これは私の希望的観測だけど。会いたくないと思われているとは、想像したくない。それに、お姉ちゃんのスマホを前にこっそり覗き込んだときは、旅をしている人の動画を見ていた。だから、一人暮らしになって、自由に旅行とかを楽しんでいるのかもしれない。

親は……そんな暇があれば、という人だったから。

「そうね、北海道は観光名所いっぱいあるからね」

スマホを開いてアプリにおいしかったパフェの名前を書き込もうとすれば、メッセージがまた二件表示されている。

一つは返事もしていないお母さんからだった。

【お姉ちゃんと一緒にいるのね。落ち着いたら帰ってきて、来年のことを話しましょう】

お姉ちゃんと一緒にいるだなんて言っていないのに。北海道に居ることがもうバレたのか。そう思いながら、もう一件を開けばお姉ちゃんからの返信だった。

【お母さんには誤魔化しておいたから。しばらく北海道旅行でも楽しめば？　あとお父さんが旅行代として振り込んでくれたらしいよ。次のおすすめは小樽《おたる》かなぁ】

お父さんからのメッセージは、家を出たあの日から一度もない。お金を出しておけばいいと、思っているのだろうか。

少し落ち着き始めた胸のざわめきがまた、大きくなっていく。私はどうでもいい存在だと言われているみたいで悲しくなってきた。勝手に家を飛び出してきたくせに、心配してくれというのはおこがましいだろうか。

でも、親なんだから……

お姉ちゃんと比べられるのが嫌で、干渉しないでと思っていたくせに。いざこうなると、心配してくれ、だなんて。

自分で考えていて、自己嫌悪に陥る。おいしいパフェのおかげで、やっと幸せな気持ちになれたのに。首をブンブンと振って、嫌な気持ちを吹き飛ばす。

「帰ろっか」

「今日もいいんですか」

「そのつもりだったけど、ホテル取る？　今からだと高いけど」

お父さんがいくら振り込んでくれたかは、確認してないからわからない。でも、しばらくとお姉ちゃんが書いているからにはそれなりのお金は出してくれたんだと思う。バイトをしていたとはいえ、悠々自適に北海道観光をできるだけの財産はない。

貯めてきたバイト代は、精々数日の観光費用にしかならないと思う。高いホテルに泊まってしまうと、の話だけど。

「恵が嫌なら、ホテル探してあげるけど」

「全然嫌じゃないです」

「じゃあ、帰ろ」

ごちそうさまでした、と店員さんに挨拶をしてから外へ出る。近隣のお店からはお酒を飲んでいる人たちの楽しそうな声が漏れ聞こえていた。

「中島公園《なかじまこうえん》あたりまで歩くか」

決まりごとのようにシロさんが口にするから、頷いて歩き出す。

中島公園あたりがどこらへんか、まずわからないけど。

夜になっても人混みがまばらになることはなく、すすきのは賑わっていた。すれ違う人たちはみんな目的地があるかのように、まっすぐ灯へと向かって入っていく。

お酒はそんなに楽しいものなんだろうか。私にはわからないけど、自由でいいなと思った。選べていいなとも。

初めて、自分自身ですんなり選べたばかりだと言うのに。次は何を選ぼうかと私の心はドキドキしている。

家族のことには、一旦心に蓋をして。

すれ違う人にぶつかりそうになっていれば、シロさんが私の手を掴んで引っ張って助けてくれる。面倒見の良さに、妹の存在が気になってきた。

「シロさんは妹さんとよく会ってるの？」

「まったく。あんまり話す姉妹でもないし」

「えーもったいない」

かわいい妹だと思っているなら伝えてあげればいいのに、と言いかけて口をつぐむ。お姉ちゃんにもし、私が言われたところできっと「何言ってんだこいつ」って反応しかできない。

シロさんの妹がどんな子かはわからないけど、かわいいと言われても変な感情でモヤモヤするに違いない。

「恵は？」

「私もほぼ会ってないです、会話もないですし」

「なんで？」

「なんででしょう」

さっきも考えていたけど、よくわからない。

首を捻って、冷えた空気を吸い込む。空を見上げれば、電飾の看板が星と一緒に輝いている。

「そんなに、嫌いだった？」

シロさんが言いづらそうに、か細い声で問いかける。ズキッと胸が痛む。最初にシロさんに私は、お姉ちゃんが嫌いだと言った。

そのことを覚えていたのだろう。シロさんも、嫌われていると思っているのかもしれない。他人だからと気軽に言った言葉で、シロさんを不安にさせてしまっていたのかも。

「嫌いですけど、好きですよ」

「あなたを置いて一人だけ逃げたから？」

「多分ですけど」

逃げたことに怒っていたのは、寂しかったから。今ならきちんと、言語化できる。

お姉ちゃんだけずるいと思ったのは、いなくなることが寂しかったからもある。

私だって逃げる選択肢を選べたことに気づいたから、言葉になっていくのかもしれない。

「寂しかったんです。好きだったので。会話もなくても、お姉ちゃんみたいになりたいって憧れはあったし。悲しい時はいつも、うんうん聞いてくれたんですよ。バカにされもしましたけど」

「そう」

「偉そうなのも、きっとお姉ちゃんは自分で選んで自分でやってきたから自信があったんでしょうね。私には偉そうに見えたけど、あれは、私が持ってない自信の表れが……羨ましかったのかも」

お姉ちゃんは自信を自分で身につけた。だから、私のことをバカだと思っていたのかも。

私は、お母さんの言いなりで、お姉ちゃんの二番煎じを演じていたから。自分自身なんて、今探しても私はそんなに多くはない。だから、羨ましくて僻《ひが》んで、歪んだ目でお姉ちゃんを見ていたんだ。

「シロさんは嫌われてたら怖いですか？」

「何をしたって自分のことを嫌う人間っている、って誤魔化してるけど。嫌われるのは怖いわよ」

一人で立って、選んでいるように見えるシロさんでも怖いんだ。ちょっと意外だった。怖いものなんて何もないように見える。

お姉ちゃんと一緒で自信に満ち溢れているように見えたから。

「誰だって怖いことはあるのよ」

「誰に嫌われても、家族に嫌われるのは怖い、ですか？」

「家族に、っていうより妹には好かれていたいわね」

「なんでですか」

「かわいい妹だからよ！　お姉ちゃんとしての矜持じゃないけど、妹のことは好きだから好かれていたい、なんてね！」

すすきのの街をいつのまにか抜けていたようだ。札幌の街の中心部だというのに、広い公園に入っていた。ところどころに溶けかけの雪が積もっている。

俯き、下を見つめていたシロさんが顔を上げる。空を見上げてから、空を指さした。

「星がキレイよ、見てみなさい！」

言い方がいちいち偉そうなのに、嫌な気分にならない。その理由はシロクマの見た目もあるけど、優しさを知ったからだろうか。

空を見上げれば、星が輝いて光っている。さっきまでは、電飾の看板でよくは見えなかった。今は、いつも家から見上げる星空よりも輝いている星が多い気さえする。

はぁっと吐き出した息が白く煙《けぶ》って、空へ上っていく。

「キレイですね」

「下ばっかり見てたら、キレイなもの見逃すわよ」

「下も時々見ないとつまずきますよ」

言い返せば、シロさんは驚いた顔をしてから私の頬を両手で包み込む。

「やっぱり妹のくせに生意気だわ！」

「妹っていうのは、だいたい生意気なものです」

「あぁいえば、こういうわね！」

気軽なやりとりが楽しくなってきて、ついつい生意気に言い返してしまう。でも、シロさんも怒っている感じは全くしない。むしろ、ちょっと口元が緩んでいる。妹さんと私を重ねているのかもしれない。

お姉ちゃんも、私のこと可愛いって思ってた？

想像してみて、お姉ちゃんのことをもっと知りたくなった。私は、ただずるいと妬《ねた》むばかりで、お姉ちゃんを見てこなかった気がする。

お姉ちゃんは、何が好きで、どんなことをして、この町で生きてるの？

会ってお姉ちゃんに直接聞ければ、一番良いんだけど。

それでも、お姉ちゃんのカケラでも知りたい。

だから……

「シロさん、明日、大学に連れて行ってくれませんか」

「春休み中だから、人はほとんどいないと思うけど」

「少しでも見てみたいんです。お姉ちゃんが居る場所」

「そう、いいわよ。大学見たら、そのあとはどうするの？」

今後の北海道観光の話だろう。どうするかはまだ自分で決められそうにないから、お姉ちゃんが送ってきてくれた観光おすすめリストを頼りにしていこうと思う。その間にお父さんお母さんへの言いたいことは、自分の中でまとめよう。

自分が選びたいと思える未来も考える。すぐには思いつかないだろうし、きっと考えられないけど。今日一日だけで、好きなものを一つ選べるようになったんだから。少しは、自分で選んだお姉ちゃんに近づけるはず。

「小樽でも行こうかなと」

「じゃあ私もしばらくご一緒しようかな」

「来てくれるんですか」

「だって、恵一人だと可哀想だし？」

「お姉ちゃんっていうのは、だいたい偉そうですね！」

ぷんっとして唇を尖らせれば、巻いていたマフラーを首元に巻いてくれる。シロさんの体温が私になじんで、寒かった体が少しだけ温まる。

「先に生まれてるからお姉ちゃんなのよ」

「先に生まれただけで、偉いとは言えませんけどね」

「あーもう！　本当にあぁいえばこういうわね！」

「楽しそうですよ」

「楽しいわよ！」

怒ったような口調のくせに、声が弾んでいる。頬に手を当てれば、いつのまにか冷え切っていたようで感覚が鈍くなっていた。

赤く染まっているだろう頬を擦る。だから、マフラーを私に譲ってくれたのかと気づく。

やっぱりお姉ちゃんというものは、とことん甘いらしい。

シロさんもお姉ちゃんも偉そうなくせに、とろとろに私を溶かそうとする。だから、好きなんだと思う。

私は甘ったれだから、甘やかされたくてしょうがないんだ。猫みたいだな、って思ったこともあるけど、可愛げはどこかに忘れてきたから自分では言わない。

「恵には、北海道来て良かったなって思わせるんだから」

「なんですかそれ」

「せっかくこんな遠い北の大地まで来てくれたんだからね」

冷たい風の中を歩いているうちに中島公園を通り抜けそうになった。後一歩のところでシロさんは、ピタリと立ち止まる。公園の中は静かな空気で、木々が風に揺らされて粉雪を舞い落としていた。

「少し休んでく？　って言っても寒いか」

「ですね、キレイですけど」

風が吹く度に、寒さが体に染み込む気がした。ぶるっと体を震わせて、自分自身を抱きしめる。ちょっぴり、早くシロさんのアパートに帰りたいなという思いが湧いてきた。

他人の家なのに、帰りたいと思うのは不思議な感覚だ。

「じゃあ、幌平橋《ほろひらばし》からのっちゃお」

「真駒内駅まで歩く気だったんですか」

「まさか、歩けなくないけどめちゃくちゃしんどいよ！」

幌平橋がどこらへんにあるかはわからないけど、地下鉄に乗っている時に目にした駅名な気がする。だから、幌平橋から乗ればそのまま、真駒内に帰れると思う。

自分で言うのもなんだけど、記憶力はいい方だ。たった二回乗っただけの地下鉄の駅名を覚えているくらいだもん。

「幌平橋は、もうちょっと行ったところだから、頑張って」

「はーい」

「それともお姉ちゃんが背負ってあげようか？」

シロさんがパッと手を広げて、背中を私に見せつける。さすがに、シロさんの背中に乗る勇気はない。

私よりも暖かそうだけど、他人にそこまで頼れない。なのに、シロさんは手を広げたまま、待っている。

「シロさん、子供じゃないんで私」

「高校生なんて子供よ」

「もう、卒業してますし」

「言い方変えるわ。十八歳は子供」

「どうしても子供扱いしたいんですね！」

「子供だもの」

ちょっぴり悔しくなって、道もわからないのにシロさんを追い抜いて歩を進める。

子供なのはわかってる。だから、家出なんてしたし、シロさんがいなければすぐに家に帰らなくちゃいけなかった。

お姉ちゃんは家に居ないし、お姉ちゃんの住所すら間違っていたし。

「明日は大学かぁ……」

「嫌なんですか」

「嫌ってわけじゃないけど、恥ずかしいみたいな」

「恥ずかしい？」

自分の大学を私に見られるのが恥ずかしい？

理由を考えてみたけど、答えにはたどり着けそうにない。

シロさんの言葉を待ってみたけど、シロさんは続きを口にしない。でも、恥ずかしいって出てくる理由が私は気になる。

「なんで、恥ずかしいんですか」

問い掛ければ、シロさんはイタズラっぽく笑って答えないまま走り出す。大学で恥ずかしい理由……私を友達や先生に見せるのが恥ずかしい？　まさか、ただの他人なのに。

「答えてくださいよ！」

答えないまま、シロさんはとたとたっと走り去っていく。

息を切らしながら追いかければ、地下鉄の看板を見つけた。

「はい到着」

「答えてくれないんですか」

「まぁ、後々ね」

はぁはぁと息を荒らげて腰に手を当てるシロさん。私も膝に手をついて息を整えた。

「後々ってなんですか！」

「帰るよ！」

私の質問に答えないまま、私の手を引いて、シロさんは地下鉄の駅へと潜り込んでいく。

他に恥ずかしい理由があるとすれば、なんだろうか。好きな人がいる、とか？

第四章　お姉ちゃんとシロさんの大学生活

シロさんにもう一泊させて貰った翌日、シロさんの大学までやってきた。オープンキャンパスには行かないまま大学受験を決めたから、初めての大学構内だ。胸がドキドキと高鳴る。

木々の間の道を通り抜けて、大学と向き合う。想像よりも、おしゃれすぎる建物だけど。エントランスへと足を踏み込めば、二、三階をくりぬいたように天井が高い。まっすぐ進んだところに、合格発表の紙が貼り出されている。不合格のあの日の記憶が蘇って、目を逸らした。隣にある大学図書館を見つけた。外から見ても、そこそこの広さがありそうだ。

「ちょっと、変わってるのよね」

「そう、ですね。想像の大学とはちょっと違いました」

春休み期間だからだろうか、図書館のガラスの扉には「クローズ」の看板がかかっている。周りに目を奪われている私を置いていかないように、シロさんは手を繋いでくれた。大人しく、シロさんと手を繋いで歩く。

「こっちね」

階段を一緒に上れば、また大きい窓。その窓から歩いてきた木々の間の道が目に入る。そこそこな高さに、少しだけ足が震え始めた。

「高いよねぇ」

「ちょっと怖いですね」

「窓に近寄ったらもっと怖いよ」

シロさんの返答と視線の向きで、ピンと来た。ノリアに乗った時はあんなに私を励ましてくれたのに、シロさんは窓に背を向けたままこちらを見ない。

「高いところもしかして苦手ですか」

「そうでもないけど、恵の方が苦手でしょ」

「なんでですかね、苦手なんですよね」

「苦手なことに理屈なんてないでしょ」

「まぁそれもそうですね」

「多分、もっと怖いわよ」

何がか尋ねようと思ったけど、シロさんの後をついていけばすぐにわかった。まっすぐと伸びた廊下を歩いていけば、揺れる。体がふわふわと浮いている感じすらした。

「揺れてません？」

「揺れるのよ、あ、スカイウェイっていうんだけど」

「毎日こんなところ通ってるんですか」

「そうよー」

慣れたように歩くふりをしながら、シロさんは少し小走りになっている。観覧車の時は私のために強がっていたとわかった。つい、ニヤニヤとしてしまう。

そんなところまで、お姉ちゃんぽくて、少しだけ胸が温まる。

大学生らしき数名とすれ違ったけど、シロさんも相手も特に挨拶もせずに歩いていた。大学生って、そんなものなのか。

「どこみたい？」

「わかんないです」

「そうだよねぇ、とりあえずぐるっと一周するか」

スカイウェイを渡り切ったところで、シロさんが「トイレ！」と言いながら、私を置いてまっすぐ走っていって急に曲がった。よっぽど、怖かったのかもしれない。

「あれ、見附《みつけ》？」

知らない声に名前を呼ばれて、振り返ってみたけどやっぱ知らない人。身長の高い、日に焼けた肌が健康そうな男の人。その男の人は私のことを知っているような顔で、ぐいぐいと近づいてくる。

「あの」

「見附、じゃないな……？」

「見附ではあるんですけど、違うと思います」

変な答え方になってしまったけど、事実だ。きっとこの人が言っている見附は、お姉ちゃんのことを指していると思う。だって、私とお姉ちゃんは双子かと言われるぐらい顔がそっくりだから。

「あ、えーっと？」

「妹です。陽代《ひしろ》じゃないですか？　ご存知の見附って」

「あー妹さんかー！　そっくりすね、でもさ、あれ見附って今こっちにいるんだったっけか?」

お姉ちゃんのことを知る人に出会えると思ってもみなかった。まさか、お姉ちゃんがこっちにいないことまで知っているとは。今、お姉ちゃんがどこに行っているか知っているかも、と顔を上げれば「へー」と気の抜けた声で私の顔をまじまじと見つめた。

あまりの距離の近さに一歩、後ずさる。でも、その人は離れた分、ぐいっと一歩を縮《ちぢ》めてくる。

「あの」

不躾な距離感に、眉を顰《ひそ》めれば、謝ってからその人は一歩下がった。

「あ、わりぃ」

「お姉ちゃんどこにいるか知ってますか?」

「お姉ちゃん捜しにきたの?」

お姉ちゃんと仲良さそうには見えないタイプ。いや、見た目で決めつけるのは良くないと思うけど。見上げるくらいの高身長に、鋭く整えられた眉毛。頭の後ろで結われた長めの髪、耳に垂れ下がる重そうなピアス。

ぱっと見は、ちょっと怖そうな人だ。

捜しに来たは、もう正しくない。どう答えていいかわからなくて、トイレの方を見る。でも、シロさんが、帰ってくる気配はなかった。

「あ、俺怖い？　もしかして」

はい、怖いです。と、面と向かって言える人間がこの世の中にどれくらいいるんだろうか。そもそも、この人を怖いと思う人は、多分面と向かって言えないタイプだと思うんだけど。

つらつらと脳内会議を開いていれば、私の目の前でしゃがみ込んでニカッと笑う。目線を合わせて、手を差し出した姿に戸惑っていれば、もう一度手を差し出し直された。

もしかして、握手ってこと……？

おずおずと、手を差し出す。握り返されて上下に振り回された。

「よろしく、あ、俺は悠木昂《ゆうきのぼる》。悠木さんでも、昂さんでも呼びやすい方で」

「悠木さん、ですか」

「お姉ちゃん多分、北海道旅行中だよ。連絡とかとってなかった？」

悠木さんは、ズボンのポケットからスマホを取り出した。かと思えば、スマホを開いてフリック入力で素早く何かを打ち込んでいく。お姉ちゃんに連絡してくれようとしているんだと思う。

私が送っても返事なんてなかなか返ってこないから無駄だ。

なのに、私の予想を裏切って、すぐにメッセージが返ってきたようだ。私の前に、スマホの画面を突きつける。

「小樽《おたる》だって」

「はい？」

「見附、えっとお姉ちゃん今、小樽行くとこだって」

私には返事を返さないくせに。悠木さんのメッセージには即答するんだ。へー、へー……？

ムッとしながら、悠木さんを見上げる。でっかいな。やっぱり。

「仲良いんですか？」

「お姉ちゃんと？　そこそこ？」

「そうですか」

「あ、付き合ってるとかではないから安心して」

何が安心して、なのかはわからない。でも、私の頭の中を覗き込んだみたいな回答が気に食わなかった。この人、嫌いだ。

強面《こわもて》なくせに人懐っこく笑うところとか、優しいところとか、私の知らないお姉ちゃんを知ってるところとか。言語化しにくいぐちゃぐちゃな感情に、ため息が出た。それが困っているように見えたのか、悠木さんは私の目を見つめたまま提案し始める。

「俺も一緒に行ってあげようか？　出身こっちじゃなかったよな、たしか」

「大丈夫です」

「いやいや、遠慮しなくて」

「結構です」

きつめになってしまった声に、悠木さんはシュンとした顔をしてスマホを私に見せる。何かと思えば、ＱＲコードだ。

「何かあった時のために」

「大丈夫です」

「そこまで？　いや本当に怪しい人じゃないんだって、お姉ちゃんの同級生だしさ」

「結構です」

「お姉ちゃんと顔は似てるのに性格はあんま似てないんだな」

ぽつりと発された言葉に、頭に血が昇っていくのがわかった。お姉ちゃんに似てなくて悪かったですね、と言えないのは、他人だからだと思う。

「あ、いやごめん悪い意味じゃなくて」

お姉ちゃんは自信に満ち溢れて社交的だし、明るく見せているんだと思う。でも、家では「だるー」しか言わないんだから。人間嫌いで、人見知りなくせに無理してるんだから！　姉妹だけど、似ていないところだってあるに決まってるじゃん。

口には出せないけど、脳内でつらつらと言いたいことを並べ立てれば、気持ちが落ち着いた。

「まぁじゃあ何かあったら連絡して」

スマホを押し付けるように私に近づけるから、渋々とQRコードを読み取る。メッセージアプリの、友達追加画面が表示された。

だんだん、めんどくさくなってきた。作り笑顔をして、わざとらしく言葉にする。

「悠木さんありがとうございます、困ったら連絡しますね」

「お、おう？」

「ありがとうございました、人を待ってるのでもう大丈夫ですよ」

「怒った？」

「そんなことないですよ、じゃあ、ありがとうございました」

もう会話する気はありませんよ、と顔を背ける。悠木さんは、困ったなぁと呟いてから、私に手を振った。私は手を振り返しはしないけど。

「じゃあ、困ったらいつでもさ、送ってきてくれていいから。お姉ちゃんによろしくな！」

悠木さんはスカイウェイを少し揺らしながら、窓の方へと向かっていく。振り返らなくていいのに、何度もこちらを確認するように振り返っているから知らんぷりをした。

やっと居なくなったかと思えば、背中をトンッと押される。

「ごめん、待たせたね！」

「遅いです、シロさん！　変な人に絡まれたんですよ！」

「えっ、うっそ、ごめん」

「悠木さんっていう」

「あぁ、悠木？　いい人だよ」

シロさんが目線をぐるぐると動かす。何かを誤魔化そうとしているのは明らかだ。お姉ちゃんだけならまだしも、シロさんまで……？　姉という人種はあぁいうのが好きなんだろうか。

「好きなんですか」

「違う違う、普通に友達」

「へぇ、お姉ちゃんとも友達って言ってました」

「そうなんだ」

シロさんの頬が赤く染まっている気がするけど、無視する。

そのままシロさんに案内を頼む。悠木さんの良さは私にはわからないけど、親しくなると良い人なのかもしれない。でも、私は、あの人、嫌い！

「早く行きましょう」

「ぐるっと一周だけね！　授業もやってないし」

「はーい」

大学構内はガランとしていて、数人としかすれ違わなかった。大学のイメージ通りの講義室もあったし、高校の教室みたいな部屋もあった。どこも鍵が掛かっていて、入れはしないけど。

教授たち専用の小部屋は、作りは全く違うのに職員室を思い出させる。扉にはイラストやポスターが色々貼られていて、まるで美術館みたいで面白い。

「なんか名言風のこと書いてありますね」

「あぁそれ、先生の作品」

「ポスターじゃないんですか」

「ポスターだけど、作品」

じっくりと見てみれば、住所や電話番号は記号の羅列で本物ではない。載っている写真も、微かに合成っぽい感じがする。

「こういうことしてるんですか」

「私は違うよ、コンテンツの方だし」

「学部ごとってことですね」

「学部は一緒なんだけど、そこからさらに細分化されてんの。それはメディアの先生たちのやつ」

「デザインって一言に言っても違うんですねぇ」

お姉ちゃんが何をやっているかなんて私は気にしたこともなかった。ただ、逃げ出したくて北海道の大学に来たんだろうくらいにしか考えていなかったから。でも、もしかしたらお姉ちゃんは何かしたいことがあってここに来たのかも。

それを知れたら、私もやりたいことがわかるかな。

「シロさんはどうしてこの大学にしたんですか？」

「えっ？　それはまぁ、興味があったから」

「何にですか」

「建築」

「建築？」

建築と合成写真、あんまり関わりはありそうに思えないけど。考えていれば、シロさんは手を横にブンブンと振る。

「建築に興味あって来たけど、学んでるうちに、そういうのを宣伝するものだったり、想像してものを作りだすことだったりに興味が出たの。繋がってはいる感じかな」

「それって、ずっと興味があったんですか」

「まぁ、きっかけはあったけど。何？　大学落ちたの気にしてんの？」

気にしてないと言えば嘘になる。でも、そうじゃなくて……どうやってこの大学を選んだのかが気になったのだ。

私は、ただ、彼氏の行くところと同じ大学という理由で受験してしまったから。自分の将来のことなのに、他人を基準に選ぶ。本当はおかしな話だってわかっている。でも、選び方がわからなかった。

私も何かを選べる基準があればと、シロさんを見ていて思ったのだ。

「好きなことを選べってみんな言うじゃないですか」

「そうね、その方がやる気も出るし長続きもするからじゃない？」

「投げやりですね」

「たかだか十八年、まぁもっと早くに決めるか。十七年生きてきた中でそんなもん選べるかって感じじゃない？」

胸の中にストンと言葉が落ちていく。心の中でガチガチに固まっていた「好きなことを選べ」という言葉への敵対心が薄れていく。

私はこの数日でシロさんのこういうところが、好きになったのかもしれない。

「人生百年時代だよ？　まだまだ八十何年とかあるのに、そんな短い年数の『好き』で選ぶ方が難しいでしょ」

「ですよね」

「あ、なに？　好きなことを学べる大学にとか言われて引っかかってた感じ？」

「好きなことってなんだよって感じです」

好きか嫌いかで、問われれば大抵嫌いじゃないという答えを導き出せる。それくらいには、あまりこの世界に興味を持てていないのかもしれない。

「休みの日って何してんの？」

「彼氏とデートとか勉強でしたね」

「彼氏と会わない日は？」

「流行《はや》っているアプリゲームとか」

「好きなの？」

「嫌いじゃないです、ね」

好きなの？　むしろ、嫌いなことは一つだけわかっている。

その問い自体が私は、嫌いだ。

全ての物事を好きか嫌いかの基準で行えるなら、人間誰しも悩むことなんてないはず。それに、私は好きな物を聞かれてもすぐには答えられない。

「何してる時が楽しい？」

その言葉も嫌い。楽しい、嬉しい、そうじゃないことだっていっぱいあるのに。まるで、楽しいことがあるのが正義みたいな。

本当は、私だって見つけたいよ、楽しいこと。

お姉ちゃんに勧められた本を読んでいるとワクワクしたし、楽しかった。でも、一番楽しいことかと言われれば、正直わからない。

自分自身が一番、わからない。

「楽しいとか好きってなんですか」

「その人がどんな人かわかりやすいから基準にされてるんじゃない？」

「シロさんは何が好きですか、何が楽しいですか」

「旅行かなぁ。知らない景色とか、知らない人とか、知らないことを知るのが好きなのかも」

最終的に、好きなことに繋がるんだ、やっぱり。シロさんは私と違って、好きなものがしっかり見えている。だから、楽しいことも、好きなことも、数え上げられるんだろう。

お姉ちゃんもきっとそう。だから、私と違って自分で選んで北海道に来たんだと思う。お姉ちゃんの本当の思いを聞いてみたくなった。

どうして、北海道に来たの？

何が好きで、この大学を選んだの？

連絡に返事は、ないけど。

「好きなことなきゃだめですか」

「別にいいんじゃない？　この後見つかるかも知れないし、見つからなくても、良い人生だったたって思えれば」

「いいんですかね」

「他人の価値観に自分の人生を合わせることほど、辛いことはないよ」

シロさんの言葉にぎゅっと唇を噛み締める。でも、自分の基準がないから他人の価値観に頼るしかない。

自分の基準値を見つけるには、好きなことは必須だろう。

「どうやって大学選んだの？　落ちちゃったけどさ」

「彼氏と同じとこです」

「あ、なるほどね」

「変ですか」

「いいんじゃない？」

お母さんもお父さんも、「そんな理由で選んだら絶対後悔する」と決めつけた。だから、受験までも何度も他の大学を勧められたし、彼と「別れなさい」とも言われた。

今になって思えば、その通りだったと思うけど。たとえ受かっていたとしても、彼と別れた今、私はその大学に通う意思なんてない。

俯いて、足音を立てながら大学の廊下を歩いていると、シロさんが横でぼそっと言った。

「大学ってさ」

「なんですか」

「いろんな人がいるのよ。高校までって周りにいるのは大体同じ地域に住んでる、歳の近い子達じゃない。でも、大学っていろんな地域から、下手したら海外から来る人もいるし、しかも六十代とかもいるのよ想像できる？」

「六十代……」

「子育ても終わって定年退職して、学びたかったことをって来てるらしいんだけど。学部で学ぶことだけじゃない、人からもいろんなことを吸収できるって意味ではどこの大学に行ってもいいんじゃない？」

全てを話してから、ふぅっとため息をついて「持論だけど」と後付けした。そんな考え方、誰も言ってくれなかった。

みんな、好きなことを学べるところに、とか、やりたいことはなんだとか。当たり前のように、誰もが選択肢を持っているかのように口にした。

お父さん、お母さんだってそう。

将来何になりたいの？

そのための大学に……と言う。

彼氏に合わせて大学を決めるなんて、間違っているとまで言われた。

間違っていたかも知れないけど、私にとってのやりたいことは、彼氏と友達と同じ大学に行くことだった。それを選ぶのが子供っぽいことも、何も考えてないこともわかっていても。

「不安なの？」

「全部不安です」

「私だって建物のデザインとかやりたくてここ来たけど、気づけば広告とか、デジタル関係の方学んでるんだから。たとえ、その当時どんな理由で選ぼうと変わる時は変わるんだから」

夢を持って生きるのが正しい。その夢に向かって物事を選んでいくのが正しい。そう思い込んでいた。だから、夢も、何もない自分が間違っていると、レッテルを貼られているような気がしていた。

大学の構内はシィーンと静まり返ったまま、ただ厳《おごそ》かな雰囲気を保っている。想像してみて、大学生がより大人に見えてきた。途中で変わったりもすることを受け入れて、みんな、自分で考えているんだ。

私には今はまだなくても……

いつか……

「なくてもいいかなぁ」

「あったら張り合いが出るけど、なくてもいいでしょ別に。だって、他人の人生じゃなくて、恵自身の人生だもん」

「そっかぁ。ありがとうございます、見学させてくれて」

「じゃあ、小樽でもいく？　今から行って、せっかくだから泊まろうか」

スマホの時計を確認すれば、時刻はちょうど十一時を指していた。

小樽までの距離はわからないけど、そんなに遠いんだろうか。

「片道一時間くらいかな」

「帰ってもこられるくらいの距離ですね」

「でもせっかく行くんだから温泉とか泊まりたいじゃない」

温泉という響きに、昔家族で泊まった旅館を思い出す。和室にみんなで布団を敷いて、寝た記憶。全員で一緒に寝たのはあれが最後だったかもしれない。あの時の私はまだ小さくて温泉自体の記憶はあやふやだけど。

そう考えてみれば、物心ついてから温泉に行ったのはあれが最後だったかもしれない。銭湯は行ったことあるけど……でも、温泉ってリラックスに良いと聞くよね。

「温泉嫌い？」

「好きでも嫌いでもないです、むしろあんまり知らないかも」

「えっ」

シロさんが私の顔をじっくりと見つめて、目をぱちぱちと瞬きする。そんなに驚かれるとは思わなかったけど、大体の人は温泉によく行くんだろうか。

「あ、いや、そうか、そうだよね、そういう人もいるよね。よし決まり、温泉安いところ取るから泊まろう。じゃ、電車で行くよ！」

私の反応を見て、シロさんは一人で答えを出して、うんうんと頷いている。嫌な気持ちはしなくて、楽しくなってきた。

お母さんお父さんに勝手に未来を決められていると反発していたのに、受け取る気持ちが違うとこうも違うのか。だからといって、今お母さんお父さんに会ったところで、私はまた反発してしまうと思う。だって、私の心の中の声は、会いたくない、関わりたくない、嫌いと叫んでいる。

私の心の持ちようかもしれない。けど、家は息の詰まる、私を傷つける場所だという考え方は、家出をした瞬間から変わっていない。

第五章　小樽のガラスと海鮮丼

電車の窓からは、海辺に波が寄せて返すのが見える。荒々しい白っぽい波が、岩にぶつかって弾ける様に少しの焦燥感が芽生えた。

「まーた、一人でぐるぐるしてんの」

「違いますよ、キレイだなって」

「悩んでる恵に課題です」

「なんですか急に」

振り返るのをやめて、シロさんと横向きに座り直す。まっすぐ前の窓から山肌を眺めているうちに、めまいがした。きっと暖められすぎた車内に、酔ってしまったのだろう。

「小樽でやりたいこと一つ見つけること」

「食べたいものとかってことですか」

「恵は、圧倒的に自分で選ぶ経験が少なさそうだから」

シロさんの言葉にどきりとした。たった二日か三日とは言えないくらいには心の内を吐露している。シロさんはめざとそうな人だし、私の悩みもお見通しなのかもしれない。だからと言って、素直に頷くのは癪《しゃく》だ。

なんて答えるか、考えているうちにシロさんは勝手に決まりごとを増やしていく。

「食べたいものでも、やりたいことでもオッケー。今日中にまず一つ！　見つけられたら温泉代は出してあげよう」

「どうしてそうなるんです」

「ご褒美があった方がやる気出ない？」

「それってご褒美ない時にやる気出なくなるやつですよね」

「せっかくの好意に生意気な」

生意気とかの問題じゃないと思うんだけど。言わずに、窓の外へと視線を戻す。

風が波を起こして、鳥が海の上を飛んでいる。自由そうで、いいなぁ。

シロさんは横で、小樽でできることを並べ立てる。実際に見てみないと、わからないことのほうが多いと思うのに。

南小樽《みなみおたる》駅で電車を降りれば、思ったよりも静かだ。住宅がズラーッと続いている。降りていく人たちも、ここで暮らしている人ばかりのようだった。目的地が決まっているように、迷いなく歩いていくから、そうだと思う。

地元の駅を思い出させるような雰囲気に、少し焦っていた気持ちが落ち着いた。

南小樽駅から坂を下っていけば、よくテレビやネットで見る『小樽の景色』に出会う。

小樽といえばな雰囲気に少しだけテンションが上がった。

「さて、どうする?」

シロさんは案内を放棄する気満々らしい。やりたいことを見つけよう、くらいだったのが、いつのまにか私が選ぶことになっている。

押し付けがましさを感じて、ムッとなった。それでも、シロさんなりの優しさもわかっているから、しょうがなく街並みを見渡した。

ふと頭に浮かんだのは、ガラスの街ということだった。

あれ、オルゴールだっけ?　漠然としたイメージだけど。

「作りたいです」

「作る？」

「ガラス？」

「あぁ、キーホルダーとかってこと？」

ガラスといえば、勝手にコップとかだと思っていたけど、キーホルダーとかもあるんだ。知らなかったけど、うんうんと、頷く。

定番の体験はやってみよう。シロさんが教えてくれた色々は頭の片隅に置いて、ガラス工芸のお店を探す。お姉ちゃんからのメッセージにもそういえば……

「ここの工房にしましょう！」

そんなことを思っていたら、お姉ちゃんのメッセージに書いてあった名前と同じ、工房に辿り着いた。

陽と書いてひなたと読むらしい。

お姉ちゃんの名前に入ってる漢字だから覚えていたのかも。

太陽が差し込むようなイラストが描かれた看板を見ているうちに、シロさんに手を引っ張られて店内に入り込む。キラキラとガラスに光が反射して、お日様の匂いすらしてきそうだ。

「ガラス体験二名お願いしまーす！」

シロさんが店員さんに声をかければ、店員さんは快く店内を案内してくれる。専用の部屋があるらしく、そこに案内された。大きいテーブルに、色とりどりのガラスの棒が置かれている。

案内された席に座れば、一枚の紙を渡された。紙には作れるものの写真と説明が書かれている。コップ、ガラス玉のキーホルダー、動物型のガラス玉まで作れるらしい。

「どれにする？」と小声で聞いてきたシロさんに、動物型と即答した。

何を作るか迷わなくて済むのはありがたい。動物型なら、見本が目の前にいるんだもん。注意事項やわからないことは聞いてくださいね、など説明を聞き終わればガラスを選ばせてくれた。

色とりどりの棒が入ったグラスを渡されて、色を選んでいく。シロクマだから白いガラスと、耳の内側をピンクとかにもできるんだろうか。あまり難しくしすぎても、私には作れないかも知れない。

白色をメインに、口周りにピンクを選ぶ。

シロさんは何を作るんだろう。

手元を見ても、色から推測するのは難しそう。私と同じ白色とそれに薄オレンジ色を選んでいた。

もしかして、私と同じでシロクマかな……

私がそんなことを思っているうちにも、工程が進んでいく。ガスバーナーで炙《あぶ》られたガラスは、とろんっと溶けて丸くなる。店員さんの案内に従っているはずなのに、形がきれいな丸にならない。シロさんの方は順調に耳を付けているのに、私はまず丸を作るところからだ。

「大丈夫ですよ、ゆっくり回してくださいね」

ゆっくりと回せば、なんとか形になってくる。器用なシロさんは、やっぱりシロクマを作っていたみたいだ。

隣で、キレイなシロクマを完成させていた。

作り終わって冷ますのを待ちながら、暇そうに私の手元を覗き込む。シロさんの売り物みたいにキレイな出来上がりと、私の不器用な崩れたシロクマを見比べて悲しい気持ちになってきた。

手を出しても私は物事をうまく進められない。わかっているから、人が選んだ安全な道を歩いていたのに。やっぱり、自分で選ぼうとするとこうなってしまうんだ。

たかだか、ガラス玉作りで。ってお姉ちゃんなら言うかもしれない。それでも、ガラス玉作りの数分間で、私の心はバキバキだった。

今は決められなくても、いずれ見つかるかも。変わっていくものだし、と言ってたけど。それはシロさんだからうまくできる人なだけであって、やっぱり私なんかがフラフラと生きていたところで壁にぶつかるのだろう。

「あつっ」

悲観的になっていたせいか、意識を他に向けたせいか、火が指に触れそうになった。

慌てて手を引っ込める。ほんの少し熱を感じただけで、火傷もしていないのにシロさんは大袈裟に私の左手を掴んで確認した。

「大丈夫？　やけどしてない？　してな、さそうだね、よかった」

「ごめんなさい」

火を扱っているので十分注意してくださいね、と店員さんに言われたのに。うっかりしてしまっていた。

不格好なりに私のシロクマも完成した。
店員さんが冷やした後にパーツを取り付けてくれるらしい。作ったものは預けたま
ま、観光に行って来て良いとのことだった。
「じゃあどこ行こっか、朝から何も食べてないし、お腹空いてない？」
先程のモヤモヤはまだ私の心の奥底で燻《くすぶ》っていて、シロさんの顔がうまく見られ
ない。シロさんに嫉妬をすることすら、おこがましいとはわかっているのに。
「食べ歩きのほうがいいかな？　色々買って食べ歩く？」
シロさんは、多分、気づいていて知らないふりをしている。お店の前のメニューを
眺めながら、私の方を窺う。
たくさんのお店が立ち並んでいて、試食や、食べ歩きメニューも売っているようだ。
ふわりと吹いた風に乗って、バターの香りが漂ってくる。そちらを見れば、ホタテ
を殻付きで焼いていた。
シロさんが、ゆっくりとホタテ焼に近づいていく。店の前で、網の上でジュウウウ
と音を立てながら、ホタテが貝の中で汁を沸騰《ふっとう》させている。
「食べる？」

「もちろんです！」

頷けば、白いパックに乗せられたホタテを一つ私に渡してくれる。受け取ってじっくり観察すれば、バターが溶けたのかテラテラと輝いていた。

「あふいよ」

はふはふと頬張りながらシロさんが、注意してくるのが面白くて、笑い声をあげてしまった。頬の横の白い毛を醬油で茶色く染めているし、おいしそうに目を細めているのもいい。

写真を撮ろうとスマホを片手で操作しているうちに、奪われてしまった。

「おいしいものは熱いうちに食べる！　持論だけどね」

持論かもしれないけど、正しい気がする。

いざ食べてみて、ダメだったらどうしよう。

不安になりながらも、返してもらったスマホをポケットにしまいこむ。

そして、恐る恐る、ホタテを一口。プリっと身が弾けて、醬油とバター、それにホタテの出汁が口の中に広がった。

ホタテはあまり好きじゃなかったのに、おいしい……。味がしないという印象が一気にひっくり返る。醤油とバターで味付けしているから、おいしくないわけがない。

「おいしいでしょ」

殻に残った汁さえも、ごくんっと飲み干してからシロさんは茶色い口で笑う。私も釣られて笑えば、唇の横を指で示された。手で拭えば、どうやら私も口周りをベタベタにしていたらしい。

「手がかかる妹ですねぇ」

シロさんは赤ちゃんをあやすように、わざとらしい口調で私の唇をおしぼりで拭ってくれた。手元のおしぼりを奪い取って、私もシロさんの口周りの茶色を拭いとる。

「シロさんもですよ」

「生意気な」

「生意気しかボキャブラリーないの、大丈夫そ？」

煽り返すように口にすれば、シロさんが手元のお皿と殻を私から奪い取って店員さんに返す。

一つ食べたからだろうか、なんだかお腹が空いてきた。

ぐぅうっと小さい音で主張してきたお腹を隠すように、腕で抱きしめる。そして、勝ち誇った顔のシロさんから目を逸らす。周りのお店で売っているものはどれもこれも、おいしそうに見えた。

エビの塩焼き、メロン半分の上に乗せられたソフトクリーム、やたらと背の高いカラフルなソフトクリーム。たこ焼きや、焼きとうもろこしまである。

目移りしながらも、次はどれにしようか悩む。シロさんがトントンと私の肩を叩いて、指し示した先には海鮮丼屋さんだった。

引き戸がまるで、銭湯のようにも見える。でも、看板には「海鮮丼」と、デカデカと書かれていた。

ナマの海鮮は正直得意じゃない。お姉ちゃんが好きだったから家族でのお祝い事はいつも海鮮だった。食べ飽きたのかもしれないけど、私は海鮮に興味を持てなかった。

「おいしかったんでしょ、ホタテ」

「そうだけど」

「苦手じゃなくなってるかもしれないじゃん、最近食べてないんでしょ」

そんなこと言ったっけ？　不思議に思ったけど、シロさんのお見通しは今に始まったことじゃない。

「焼き魚定食とかもあるよ」

海鮮丼を食べる勇気は出ない。けど、焼き魚定食なら食べられる。好きかは、置いておいて食べられはする。

シロさんは私の答えを聞く前から、海鮮丼にワクワクと目を輝かせていた。仕方なく頷けば、海鮮丼を食べてきた人たちだろうか。「おいしかったねー！」や「あんなに盛ってて安いってやばい」など口々に言い合いながら、すれ違っていく。お腹を叩く仕草をする男の人もいた。

私はついに決心する。

「――行きましょう」

「やった！」

私の後ろに回ったかと思えば、シロさんはぐいぐいと背中を押して進んでいく。先程指さしていた看板のお店に近づくたびに、怖さが少しだけ湧き上がってくる。

海鮮がダメなわけじゃないのに不安なのは、自分で選んだのに食べられなかったらどうしようって考えのせいかな。

バクバクと音を立てる心臓を無視して、扉を開けばケースがまず目に入った。

中には殻付きのホタテや、牡蠣、貝類が雑多に並べられていて、なんでもありな感じがする。

店員さんはカウンター内から出てくることはなく、手で空いている席を示して「そちらへどうぞー」と大きな声で迎え入れてくれた。初めての海鮮丼屋さんだ。

「どれにする？　焼き魚ならホッケ。あとは、ちょっとお高めだけど、キンキ」

席に座れば、シロさんはメニュー表を渡してくれる。開けば、真っ赤な色をした魚がこんがりと美しく焼き上げられた写真。ご飯にお味噌汁、お漬物もついていて、ザ・定食という見た目をしていた。

エビの塩焼きや、アワビ、先ほど食べたホタテまである。海鮮丼のメニューの中には、焼き鮭をほぐした丼まであった。

なんだ、ナマモノが苦手な私でも食べられそうなものがたくさんあるじゃん。

「ホッケ、かな」

「いいねいいね！　食べたことある？　脂乗っててプリっとしてて、ジューシーだよ」

海鮮丼のメニューを前に、シロさんはいつになく饒舌に語り出す。よっぽど好きなのかもしれない。それでも、北海道といえばなのに、ご飯屋さんで選ばなかったのは、私が苦手かもしれないと考慮してだったのかな。

また、一つシロさんの優しさを勝手に知って、じぃんっと感動してしまう。本当のお姉ちゃんだったら、いいなとまで心の中で勝手に願ってしまった。

「私は三色丼にしよ、カニとウニと、やっぱりホタテかなぁ」

「ホタテが好きなんですか」

「そう！　北海道来てから好きになったの！」

メニューを決めたかと思えば、すぐ店員さんに注文する。目の前のおしぼりで暖を取れば、やっと心が落ち着いた気がした。

「北海道来てからって言いました？」

おしぼりで両手を擦るように拭いていたシロさんに問い掛ければ、ハッとした顔をする。そしてすぐに、照れたように笑顔を作った。

「出身こっちじゃないんだ」

ちょっと上擦った声だったから、聞かれたくない理由があるのかもしれない。

私には優しい言葉を掛けてくれるのに、隠すんだな。当たり前か、私たちは他人なのに、親しくなってしまっただけだ。

初日だったら逆にするすると気軽に答えてくれたかもしれないけど。

今になってこの歪《いびつ》な関係に、変な気持ちが芽生える。たった数日一緒に観光しているだけなのに、どこまで私は心を許していたんだろう。こんなに素直に話せるのは、他人だからと思っていたのに。

私みたいに地元が嫌いな理由があるかもしれない。私は別に、地元は嫌いじゃないけど……親と合わないってだけ。だから、お姉ちゃんみたいに逃げ出せたらって毎日考えていた。

シロさんの地元のことを聞いていいのかわからずに、一人考えていたら、ごはんが到着した。ウニはプリッとしていてオレンジ色がきれいだし、カニは美しいピンク色だ。ホタテは透き通るように白い。

私の方のホッケはといえば、表面に脂が滲み出ている。そういえば、骨のある魚を食べることが苦手なのを今更思い出した。箸を使うのが、多分、得意じゃない。

「いただきます」

シロさんは話を中断して、両手を合わせて挨拶する。そして、すぐさま口いっぱいに海鮮丼を頬張って幸せそうな笑顔を見せた。

「おいしいー！」

シロさんの地元はやっぱり聞かないことにして、ホッケの身をほぐす。ちょうどいい塩加減に、魚とは思えないようなジューシーさが口に広がっていく。箸で摘んだ身は簡単に剥がれて食べやすいし、ポロポロと身が崩れて落ちることもない。

もしかしたら苦手意識で魚料理を避けていたけれど、いつの間にか魚の味も、箸使いも大丈夫になっていたのかもしれない。

シロさんの幸せそうな顔を見ていれば、刺身も食べてみたくなってしまった。明日以降、食べてみよう。心の中で決意してから、お味噌汁を口にすれば魚のアラで作っているらしい。魚の出汁がしっかりと溶け出していて、深い味わいになっている。

「魚っておいしいんですね」

他の人にとっては当たり前のことかもしれない。わかっているのに、つい口に出していた。

お祝いのたびに出てきて、好きなのはお姉ちゃんだよ、私じゃない！　って思い込みから嫌いだったのかな。今になって思えば、ずいぶん幼稚な考え方だとも思う。

「おいしいよ、恵はどうして嫌いなの」

「味が好きじゃないと思ってたんですけど、そもそも最近は食べてなかったですね」

思い返してみれば、家族揃ってのお祝いは、お姉ちゃんが大学に合格した時が最後だった。だから、魚を食べるの自体結構久しぶりな気がする。

ここ最近の私の誕生日はいつも、おじいちゃんおばあちゃんと一緒だった。それでも、誕生日の朝起きて、お金だけ置かれたテーブルを見て、寂しいという感情が湧いていた。

干渉しないでと言うくせに、一人は寂しかった。だから、おじいちゃん、おばあちゃんのお祝いに恥ずかしいと言いながら、嬉しかった。帰った後には、こっそり一人で泣いていたくらい。そして、そんなタイミングで掛かってくる、お姉ちゃんからの電話をうざい風に装って出た。内心は、嬉しさのあまり飛び上がりそうだった。

「食わず嫌いみたいなもんだ！」

「かもしれないですね」

お味噌汁を飲めば身体中があったまっていって、凝《こ》り固まった心もほぐれていく。

まぁ、気がするだけだけど。

今ならお姉ちゃんとも、素直に話せるかも。

「恵は、お姉ちゃんに会いたい？」

「へ？　会いたいから、北海道来たんですよ」

「お母さん、お父さんのとこには帰りたくない？　いや、なんとなくそんな気がした、だけだけどさ」

帰りたくない。というよりも、連絡の取れないお姉ちゃんに会いたいという気持ちの方が強かった。シロさんと話していると、気分は楽になる。

でも、頭には、うっすらとお姉ちゃんが浮かんでいた。だから、お姉ちゃんのおすすめの場所を、私は辿っている。

お姉ちゃんも、ここに居たのかなと思いながら。

「親がいるだけ幸せ」

「お金を出してくれるだけいいこと」

「感謝しなくちゃ」

親に対する不満を彼氏にこぼした時に言われた言葉たちにあの時は、反発した。親がいたところで、不幸なパターンだってあるのに！　と。不幸とまでは思っていないけど、私にとっては辛かった。

お姉ちゃんと比較されて、型に嵌《は》め込まれる。私の心の形は、どんどん歪《いびつ》になっていく気がした。選んでくれている優しさは、あったかもしれない。お姉ちゃんが喜んでいたから、私もという思い込みも、あったかもしれない。でも、私にとってそれは、悲しくて切ないことだった。

嫌い、帰りたくない、と答えたら、シロさんは、なんて答えるだろうか。

わかるよ?

帰らなくていいんじゃない?

それとも、彼氏みたいに「育ててくれた人なのに!」って決めつけてくる?

想像してみても、シロさんに言われたら、立ち直れなさそうだった。だから、何も言葉にできない。それよりもお姉ちゃんに会いたいとも、言いづらい。

ホッケの最後の身を口に放り込んで飲み込む。

「あ、答えたくないならいいけど」

「シロさんは、地元は好きですか?」

聞かれたくない質問を聞かれた嫌がらせでは、全くもってない。

でも、シロさんの答えを先に聞きたくなった。

シロさんは私の問いに、ちょっと目を丸くしてから、ゆっくりと口を開いた。

「好き、かな。多分。育った場所だから愛着はあるし」

「でも、帰りたくないんですか」

「そんなこと言ってないじゃん」

まるで、帰りたくないような言い方の「出身こっちじゃないんだ」だった。お水を飲んで唇を湿らす、言いづらい言葉はどうしても口の中でつっかえてしまう。

「でも、気まずそうな言い方だったんで」

「親と折り合いが悪くて。妹は可愛がられるのに、私はプレッシャーばかりで逃げ出してきた感じ？」

「本当にまんま、私の家みたい。お姉ちゃんばっかり愛されてる、私にはプレッシャーばかりって言う感じで逆ですけど」

「そんなことないんじゃない？」

否定の言葉に、目を丸くしてしまう。シロさんはいつだって、優しい言葉ばかり返してくれたから甘えていたのかもしれない。不機嫌そうな声音に、体の奥がひんやりする。

でも、口を突いて出たのは可愛くない言葉だった。

「シロさんはうちの家わからないでしょ。シロさんのとこだって、愛ゆえのプレッシャーだったかもしれないですよ」

「お姉ちゃんだって思ってたかもよ、恵ばっかりって」

シロさんはお姉ちゃんより恵まれてたことなんて、何一つ、なかったですけど！」

んて知らないくせに。真実は、そこにないのに、ついムキになってしまう。

「シロさんは何が不満だったんですか」

「愛されたかったの」

「愛されてたかもしれないのに」

「恵だってわからないでしょ」

「わからないですけど、シロさん見てると愛されて育ってきた人だと思いますよ！」

「なにが」

シロさんの言葉はトゲトゲしていて冷たい温度で、私の身体中を締め付けていく。

だって、自分で選べて、好きなものを理解できて、一人でこの地にいる。一人でやりたいことをやって楽しんでいるのは、シロさんが芯を持って生きているから。

愛されてなかったら芯なんて持ち得ない。

私みたいに選ぶこともできずに、好きなものもわからない人間になってしまう。

「シロさんは恵まれてますよ」

心の底からそう思った。羨ましい。

私なんて、好きなものも、選ぶことも、わからなくて今ここにいるのに、と。

でも、その言葉を最後に、シロさんの瞳から光が消えた。すぅっと心を閉ざされたのがわかった。

「そう」

それっきりシロさんは答えずに、お会計を済ませてしまう。この状況で温泉に二人で行くのは、さすがに苦しい。でも……どうしよう……

頭に浮かぶのはお姉ちゃんだった。私は毎回悩むたびにお姉ちゃんに甘えては、許されてきたんだな。自分で今更実感して、乾いた笑い声だけが出そうになる。

「駅前からバス出てるから、ちょっと歩くよ」

それでもシロさんは私をここに一人で置いていく気はないらしい。こんな時でも、優しさを忘れないのは、やっぱり愛されてきたからだよ、と追い討ちをかけたくなった。

——本当に性格が悪くて、どうしようもないな私。

駅前までの道のりを無言のまま歩く。街並みはキレイだし、ガラスのお店がたくさんあって光の反射に目を惹かれた。それでも、ここに寄りたいとか、気になるは出てこなくて、ただシロさんの真っ白な毛並みを見つめて歩く。

どれくらいの時間歩いていたかわからない。

着いた小樽駅は、大きくてキラキラと光っている。シロさんは振り返ることなく、駅を素通りして横に逸れていく。バス乗り場があるのかもしれない。

ほんの少し歩いた先にあったバス停の前で立ち止まって、近くにあるベンチに腰掛けてスマホをいじり始めた。もう私と口を利いてくれる気はないらしい。

私だってそれでいいけど、いいけど……

隣に座って黙ってスマホを開けば、またお母さんからのメッセージが届いていた。【いつ頃帰ってくるつもりなの】と聞かれても、私も決めていない。お姉ちゃんに会えたら帰ろうとは思うけど、お姉ちゃんの方からは全然返事が来なかった。

どこか観光をして、楽しんで……

あれ……小樽に行くところって送ってきてた、悠木さんには！

シロさんとの観光ですっかり忘れていたことを思い出して、お姉ちゃんの携帯に電話をかけてみる。プルル、プルルというツーコール目でガチャンと切られた。私からの電話に出る気はないらしい。

どうして私の電話に、お姉ちゃんはこんなに出てくれないんだろう。悠木さんのメッセージには即レスしているのに、メッセージですら数時間後に観光地を送ってくるだけだ。

お姉ちゃんに、私は嫌われている……？　でも、今までそんな素振り一度も見せなかった。それとも、私と連絡を取れない理由が何かある？　たとえば、彼氏と旅行中とか？

一番しっくり来てしまって、肩の力が抜けた。お姉ちゃんにとっての優先順位が私より彼氏（架空）の方が大事ってことだろうか。だって、私は家出をして、知らない土地に来てるんだよ？　それを伝えているのに、連絡が取れない理由なんて他にある？

勝手に想像して、胃がムカムカとする。

「来たよ」

一人で百面相しているうちに、バスが来ていたらしい。シロさんは私の肩をツンツンとつついてから、袖を引っ張る。目の前には、温泉の名前が書かれたバスが止まっていた。

バスは木々の間を通り抜けて、山の方へと向かっていく。相変わらずシロさんは口を利かない。私はただ、移りゆく真っ白な景色を眺めていた。

第六章　温泉とバイキング

旅館のフロントで受付を済ませ、案内された部屋は、普通の和室ですでに布団が敷かれていた。少し離されて二つの布団が設置されていて、端の方にテーブルとイスが置かれている。テーブルの上を見に行けば、栗羊羹と湯呑。

「温泉行ってくる」

シロさんはお昼以来、そっけない言葉しかくれない。

それでも、無視はせずにきちんと言ってくれるだけマシだろう。

仲直りするきっかけを探していた私は、すかさずに浴衣とタオルが入っているバッグを掴んだ。そして、慌ててシロさんを追いかける。

「私も行く、行きます」

「勝手にすれば」

そのまま大浴場まで辿り着くと、広い脱衣所に人の気配はなかった。学生は春休み期間とはいえ、平日のまだお昼過ぎだ。チェックインしている人も、そもそもの宿泊客数も多くないんだろう。

浴場の中は広くて、温泉らしい香りが漂っている。体を洗ってから、一番大きい浴槽に浸かればシロさんが横に座った。

シロクマって温泉大丈夫なんだ、という感想が最初に出てきたけど飲み込む。余計なことは言わない。そうじゃなくても、シロさんを怒らせているんだし。

「シロさん」

「なに」

「えっと、ごめんなさい」

普通の会話の時と違う、低めの声にうっと息が詰まる。謝るので精一杯だったのに、理由を聞かれても困る。でも、決めつけて言ってしまった私が悪いと思うから……

私は今でも、シロさんは愛されて育った人だと思っているけど。

「……勝手なこと言って」

「妹って本当にずるいよね、無遠慮に謝れば許して貰えると思ってる、それこそ愛されて育ってきたからじゃない？」

腹の底から苛立っていたのだろう。返ってきたのはさらに低い声だった。

多分、『愛されて育ってきた』というその一言が何より嫌だったんだ。

だから、わざわざそういう言葉で言い返している。

喉が締まって、息が吸いにくい。

シロさんを怒らせてしまった事実に、恐怖で体が震えた。

親は私に干渉せずに、お姉ちゃんばかり大切にしていたけど、お姉ちゃんはその分私のことを愛してくれていたと思う。それに、おばあちゃん、おじいちゃんも、愛情を注いでくれた。

愛されてきてない、なんて言い返すことはもうできなかった。

「ごめんなさい」

今度こそ、気持ちを込めて謝る。

お湯の中でゆらゆらするシロさんの反射を見つめていると、ふうっとため息の音が隣から聞こえた。

恐る恐る顔を上げれば、シロさんが私を見つめていた。

「――私こそ大人げなくてごめん。つい、イラっと来ちゃった」

「シロさんの話聞いてもいいですか？」

「何をよ」

「どうして、愛されなかったって思ってるのか、とか」

シロさんは長いため息を吐き切ってから、じっくりと心のコリをほぐすように湯船に深く浸かった。私も真似して、肩まで湯船に埋めればポカポカと体の中心から熱が広がっていく。

「なんてことないよ」

シロさんは、ひと呼吸おいて、肩にお湯をかける。

沈黙だけが、二人の間を流れていく。

「私の努力は認められないし、意思は尊重なんてされなかった……でも、暴力も暴言もなかったから。まだマシかもね」

遠くを見つめて、シロさんはため息混じりに続ける。

「でも、私のありのままは認められなかった……それだけ」

それは、だけじゃない……。視界にも、心にもモヤが広がっていく。親に対しての私の記憶と、シロさんの辛さが重なった。

温かい湯船に浸かっているはずなのに、手の先から体中に冷たさが広がっていく。心まで、凍りついてしまったみたいだ。うまく言葉を出せない。

「私も同じです」

シロさんは、お湯を見つめたまま、首を静かに横に振った。

まるで、私とシロさんは違うと決めつけているように。確かに違うのかもしれない。

だって私には。

「私には、お姉ちゃんがいた……」

「親じゃなくてお姉ちゃんに愛されてきましたってこと？」

「お姉ちゃんも、祖父母も、愛してくれてたのは、実感してます」

酷いことはされたし、偉そうだったし、怖かったけど。お祝いしてくれたり、悲しい時に寄り添ってくれたりしたのはお姉ちゃんだった。

両親は不在がちで、私のことは気にしていなかった。でも、テストで百点を取った時にお姉ちゃんにはテストを見せられた。そしたら、お姉ちゃんはいつも「すごいわね」と鼻で笑って、次の日にはケーキを買ってきてくれた。

彼氏ができた時も、真っ先に報告したのはお姉ちゃんだった。

「どんな人？　信用できるやつ？　一回会わせなさい」

とか言ってた。お姉ちゃんに、あいつを会わせていたらこんな結末はなかったのかもしれない。

学校の三者面談を、両親にすっぽかされて恥をかいた日もお姉ちゃんは優しかった。泣いて布団を被る私をトントンと叩いて慰めながら、「そんなことで泣かないの」と呆れた声を出す。お姉ちゃんからの、心配だったんだと思う。でも、シロさんにはそれがなかった、ってことなんだろう。

横目で見たシロさんは、またお湯に埋もれて呟いた。

「私は誰も居なかったよ、恵と違って」

「お父さんお母さんは」

「両親は本当の私は、受け入れてくれなかった。テストで九十点取れば百点を取れ。家事をやれば、もっと、こうしろ。どこまで行っても満足はしてくれなかったわ」

吐き捨てるような言い方に、ぐっと胸が締め付けられる。私も経験があったから。シロさんの気持ちが痛いくらいにわかって、じわりと涙が浮かんだ。

「自分だけが自分を愛せるから、どんなにダメでも、頑張ってる自分がえらいって言い続けてきた。そのうちに、妹が生まれたから、妹には、私が欲しかったもの全部あげたの」

「私もシロさんと同じだと、ずっと思ってた」

思い込んでいた。お姉ちゃんは、両親から認められて羨ましい。自由で、ずるい。でも、お姉ちゃんも、良い子な自分しか認められないと思っていたのかもしれない。

「気づかないまま、貰ってばっかりで、ごめんなさい」

お姉ちゃんも、私が見えない部分でそう考えていたのかもしれない。お母さんもお父さんも、お姉ちゃんのことは大切にしていたように見えたし、褒めていたけど。私は、何も知らずに甘えてばかり。

ごめんなさい、と何度も繰り返す。私だけが、辛いと思っていた。なりたかったわけじゃないのに、悲劇のヒロインぶっていた。最低だ、自分のことしか見えていない、私。

シロさんは、私の声が聞こえていないようにぼんやりと続ける。

「思春期特有の愛されてないって思うやつだよ、って友だちには言われた。愛されたことある人にはわかんないわよ、本当の私を見て貰えない惨めな気持ちなんて」

ため息混じりの言葉に、心臓がずきんと痛む。

私だって本当の私を見て貰えなかった。お姉ちゃんの二番煎じとしてしか……

「両親は良いところしか認めてくれないから、取り繕って周りに見せ続けてきたのよ」

「それは……」

辛かったですね、と言いかけて、喉の奥に押し込む。

シロさんに、どんな言葉をかければ良いのかわからなかった。ただ、息が詰まる。

ひゅうっと喉だけが音を鳴らして、言葉が出てこない。だから、シロさんの手を取って握りしめる。

私は、シロさんの気持ちを理解したい。

「ダメなところも含めて大丈夫だよ、って愛されたかった。望みは、もう諦めたけど」

手を引っ張って、シロさんの肩を抱きしめる。濡れた毛は、ぺたりと皮膚に張り付いていた。

「家族への期待も全部、捨てたの。だから、一人で遠く離れた地に逃げてきた」

投げやりに吐き出したような顔をして、シロさんは無理して笑う。どうしても「ごめんなさい」以外に何を言っていいかわからない。息だけを、ごくんと飲み込んで湯船に沈む。

そんな私に、シロさんはそっと触れ返してくれた。

「だから恵が悩むことも、私は否定したくないんだよね」

「だから、私に優しいんですか」

「妹みたいなのもあるけどね」

照れくさくなって、子供のように湯船に顔を沈めたくなった。実際にはしないけど、気持ち的にはぶくぶくと沈んでいく。

「ごめんなさい」

「大人げなく、怒ってごめんね」

「シロさんは、悪くないですよ。私が一番嫌な言い方しちゃったから……」

「まぁ、そうね、それはそう」

キッパリと認めて、シロさんが私にお湯を掛ける。私はどうしたらシロさんの自信のなさを払拭できるだろうか。求められてないとしても、優しさを貰った分、お返ししたい。嫌なことを言ってしまった、お詫びに代えてもあるけど。

シロさん自身の傷になってしまっているから、あんなに反応したんだとも思う。

「よし、露天風呂いこ！」

私が一人で考えていることも気にせず、シロさんは立ち上がってお風呂から出ていく。白い毛並みから、お湯がポタポタと滴り落ちていた。

私は、シロさんに愛を返せるだろうか。

ただ、たまたま電車の中で出会っただけの他人。それでも、数日間一緒に観光して、仲のいい知人くらいにはなっている。それに、シロさんにとっては妹みたいな存在になれているらしい。

私はどうしたら、シロさんの心の穴を塞ぐだけの、愛を渡せる？

「私もいきます！」

「そのつもりだったけど？」

露天風呂の扉を開ければ、寒い外気温と浴場内の温かい温度がぶつかりあって白いモヤを広げていく。目をしぱしぱさせながら、木々の中にこぢんまりと用意された露天風呂に浸かる。

外に出たのは、ほんの一瞬だったのに、体はすぐ冷えてしまう。心も冷えてしまいそうだったけど、ちょっとの温かい愛で私の胸はまだ保てている。優しい愛は、カイロみたいに持続性があるものだと思う。だから、私はお姉ちゃんやおばあちゃんおじいちゃんの愛でまだ形を保てているんだもん。

彼に振られた時に、それほど痛くなかったのもそれが理由な気がする。腹は立ったけど。でも、受験に失敗したとわかった時のお母さんお父さんの否定的な言葉の方が、私の心は傷ついた。そして、お姉ちゃんのところに駆け出していた。

そっか、私は、お姉ちゃんに愛を求めてここまでやってきたのか。

お姉ちゃんにとっては会いたくない妹だとしても、私はお姉ちゃんに愛されていると信じて疑ってなかったんだ。その事実に気づいて、恥ずかしくなってきた。

「何一人でニヤニヤしてんの」

「お姉ちゃんに会いたい理由がわかったので」

「なんで会いたいの？」

「可哀想だったね、って愛されたかったんです」

可哀想だったね、は愛なのか。他人からの可哀想は、どこか冷たい響きだし、馬鹿にされている気がしてしまう。それでも、お姉ちゃんからの「可哀想だったね」は優しさを含んでいて、私を芯から守ってくれる。だから、お姉ちゃんに会いたかった。

「過去形なのは何？」

「シロさんからの優しさで満たされたので、お姉ちゃんには、会わなくてもいいかなって気になってきました」

「お姉ちゃんの代わりってわけね。じゃあ、小樽旅行が終わったら帰るの？」

「帰らないですよ」

まだ、帰らない。だって、お姉ちゃんに愛されたいと、実家を飛び出した答えは出たけれど……お父さんお母さんとは、会いたくない。どうしたら、帰る気になるか。それは私にもまだわからないし。それにシロさんに少しでも返してから家に帰りたい。

シロさんの今までの傷や隙間を私が何か埋められたら、帰っても良いかもしれない。お父さんお母さんとの件は解決してないけども。

「満たされたんでしょ」

「でも、シロさんに何も返せてないですし、やっぱ家は嫌いなんで」

「嫌い、か」

「嫌いです。息が詰まるし、私の意見も心も意志も、なかったことになっちゃうんで」

全て決めてくれる人生ばかりを歩いてきた。だから、きっとその方が楽だと信じるふりをして、私は気づいていた。そのことがわかっただけでも、収穫だとは思う。それでも、あの家に帰りたいとはどうしても思えなかった。

帰ったところで、私は何も言い返せずに、また親に選んで貰ったことばかりを繰り返す。そして、私自身はどこにもいない日々を過ごすだろう。

「なんでそんなに嫌いなの」

「選ばせてくれなかった、とか、見てくれなかった、とか、ありますけど……一番は拗ねてるのかも」

言葉にしてからしっくりときた。私の傷に寄り添ってくれなかったことに、腹を立てている。

私だってお姉ちゃんと同じで、あなたたちの大切な子供なはずなのに。どうして、自分の意見ばかりで私に寄り添ってくれないの！　って思ってたんだ。

言語化できたことで、胸のつっかえは少し落ち着いた気がする。

「そう……」

私の返答に、なぜかシロさんが無言になってしまう。

何を考えてるんだろうか？

想像してみても、シロさんのことがいまいちわからない。多分、一緒にいた時間全てで、私を優先してくれていたからだ。シロさんの意思も、選択も、私は見られてない。

シロさんがどうしたくて、どう思っていて、を感じ取れていないから想像しきれない。

「シロさんは」

「なに？」

「どこか行きたいとこ、ないんですか」

「一緒に行ってくれるってこと」

「はい！」

妹さんの代わりに私が、この旅の間はシロさんに寄り添おう。私の疲弊した心に寄り添って優しさをくれたように。

「行きたいとこかぁ」

シロさんの呟きに、私も一緒に北海道の観光名所を思い浮かべてみる。私の知っている北海道の地名はあまり多くはない。函館《はこだて》は、海産物がおいしいと言うし、シロさんは好きかもしれない。あとは、苫小牧《とまこまい》もよく聞く。

「ないんですか」

「まぁ、三年近く住んでるからね」

「えーどこか、シロさんが行きたいところ行きましょうよ」

「えー、まぁ、考えとく」

「思いつくまでは小樽歩きましょ、あ、小樽でしたいことないですか?」

心を決めてしまえば、スラスラと提案が出てくる。自分のことを選ぶのには、時間が掛かるくせにこういう時はあっさりと提案が出るんだ。そんな気づきにも驚いてしまう。

「そうね、小樽は、飴屋さん行こっか」

「飴屋さん」

「りんご飴とか、バター飴とか売ってておいしいわよ」

「シロさん食いしん坊ですよね」

「悪い？」

「全くもって」

頬にあたる風は冷たいのに、お湯に浸かっている身体は温かい。温度差に、クラクラする。そろそろ出ようと立ち上がれば、体が揺れた。

「のぼせてるじゃない」

「そんなつもりなかったんですけど」

まだうまくはできそうにない。

シロさんがふらついた私を支えて、脱衣所まで連れて行ってくれる。ぐるぐる考えていたせいか、温泉に長く浸かりすぎたせいか。頭がふらふらして、情けない。

「部屋帰ったら大人しく寝なさいよ、考えとくから」

シロさんの言葉に「約束ですよ！」と力強く返事してから、着替える。移動と観光で、体力を少し使いすぎたみたいだ。

＊＊＊

温泉から戻った後、すぐに寝てしまったらしい。目を覚ませば、部屋は薄暗く常夜灯だけが小さく灯されていた。横の布団に目を移せば、シロさんが見当たらない。起き上がって捜しに出ようとすれば、小声が聞こえてきた。襖《ふすま》を閉め切った広縁の方から聞こえてくる気がする。そっと近寄れば、シロさんが誰かと電話をしているようだった。

「うん、大学で声掛けてくれたんでしょ？」

相手が誰かは気になるけど、今が何時なのかもわからない。カバンに入れていたスマホを探して取り出せば、まだ七時。夜ご飯の会場にも間に合う時間だった。

寝入ってしまった私のために、明かりを消して常夜灯にしてくれていたのだろう。また、シロさんの優しさばかり受け取ってしまったな。

うんうん、と頷くシロさんの息遣いだけが耳に届く。

「恵は寝てる、うん、わかってるよ」

私のことを話すような相手は、シロさんには居ないはず。一つだけの予想が胸に広がっていく。お姉ちゃんと同じ大学で、同じ学年。

私とお姉ちゃんは、あまりにも顔が似ている。それこそ、双子に見間違えられるくらい。そして、悠木さんが私とお姉ちゃんを見間違えて声をかけてきたくらいに、だ。

シロさんもお姉ちゃんと知り合い？

お姉ちゃんと密かに連絡を取ってた？

モヤモヤが少しだけ広がっていくけど、襖《ふすま》越しでは相手が話している内容は聞き取れない。微かに聞こえる声が、低い男性の声に聞こえた。

「じゃあ、うん、またね」

私と話す時とは違う、穏やかな、親しそうな話し方。私と親しくないというわけじゃないけど、もっと、心を許しているような。私の前で姉ぶってる話し方とは違う。

電話が終わりかけているのに気づいて、慌てて布団に戻る。どうしてか、起きていたことがバレてはいけない気がした。

目を閉じて寝たふりをしていれば、襖《ふすま》が開く音がしてシロさんが戻ってきた気配がする。

目を開けて、起き上がる。今起きましたみたいな顔をして。

「おはようございます」

「夕ご飯まだ食べれる時間だけど、どう？　お腹空いてる？」

「あれから私ずっと寝てたんですか？」

「ずっと気持ちよさそうに寝てたよ」

「暇でしたよね」

「ううん、全く。ちょっと電話とかもしてたし」

電話をしていたことは、隠さないんだ、と瞬きをした。

じゃあ、バレても問題ない相手？　でも、共通の知り合いはいない。あ、いや、一人だけいた、悠木さん。でも、悠木さんは、私とシロさんが一緒に行動してることは知らないはずだし。

考えても答えは出ないから、一旦置いておくことにして立ち上がる。

せっかく旅館に泊まってるんだから、おいしいご飯も食べなくちゃ！

「行きましょ、ご飯！」

「お腹は空いてるのね、行こうか」

「はい！」

シロさんの後ろをついていきながら、廊下を歩く。ペタペタと鳴るスリッパも新鮮で、つい楽しくなってきた。

家族とすら小さなときに行ったのが最後なのに、たまたま旅先で出会った人とこうやって温泉に泊まっているだなんて。不思議な感覚だ。

食事の会場は、バイキングになっているらしい。会場に入れば、思ったよりも人がたくさんいて驚いた。春休みとはいえ、平日だしと思っていたが、予想に反して人はたくさんいる。

家族連れ、友人同士、様々な人たちが楽しそうにテーブルについていた。

「あそこだって、とりあえず札《ふだ》置いて好きなの取りに行こうか」

「バイキングも初めて、ではないですけど、久しぶりかもしれません」

「何して生きてきたの、ほんと」

シロさんの言うことも、もっともだと思う。私はどうやってここまで生きてきたんだろうか。温泉もはるか昔に家族で行ったきりだし、バイキングも彼とスイーツバイキングに行ったきりだ。

「彼氏とのデートとかで行かなかったの」

「付き合い始めた最初にスイーツバイキングには」

「それ以外にどんなデートしてたのよ」

「図書館とか勉強とか、あとは」

何をしていたっけ?

思い返せば、受験生になった頃からは彼の家で勉強会ばかりしていた気がする。どこかへ出かけた記憶も薄れているし、甘い空気にもほとんどならなかった。

そもそも私は告白されたから付き合っただけで、彼の内面も、彼自身のことも、ほとんど知らない。

知ろうともしていなかった。ちゃっかりキスは済ませていたけど。

「付き合ってたって言えるのそれ」

呆れ顔でシロさんが、私をじとっと見つめてから「まいっか」とつぶやく。

「好きなもの選んで、このテーブルに戻ってくる。って説明しなくても流石にわかるわよね」

「周りを見ればなんとなく！」

「じゃ、好きなの取ってきなさい」

テーブルにたくさん並べられた料理を見ながら、何を取ろうか考える。

海鮮はお昼に食べておいしかったから、もう一度、挑戦してみよう。刺身のお皿から少しだけ取って、次に進めば、カレーライスが目に入った。

お母さんの作るカレーが、私は好きだった。いつからか、ほとんど作ってくれなくなったけど。残ったカレーを朝に食べて、学校に行くのが決まりのようになっていた。二日目の朝のカレーが特に大好きだったな。

普通のお茶碗にごはんをよそって、カレーをかける。スパイスの香りがふわりと漂ってきて、空腹を刺激した。

次のトレーには、カニが大量に盛られていて、カニもあんまり食べたことがないんだよなと思いながら手に取る。

テーブルへと戻れば、すでにカニが数皿載っていた。さすがに持ってきすぎだと思うけど、シロさんはカニも好きなのかもしれない。

手に持っていたトレーを置いて、お水を貰いに行けばシロさんと鉢合わせた。

「あ、恵の分も持っていってあげようと思ったのに」

「ありがとうございます」

「ちゃんとお礼できるのは育ちがいい証拠よ」

「それも、お姉ちゃん、おばあちゃんたちのおかげですね」

言い返しながら、シロさんから水を受け取れば、手のひらに冷たさが伝わるほど冷えていた。シロさんのトレーの上にはまたカニのお皿が載っているし、刺身は大量に盛られていて他のおかずはない。

「海鮮づくしですね」

「バイキングの醍醐味よ。好きなものだけたくさん」

「そうですけど」

いくらなんでもやりすぎです、とは言葉にしなかった。でも、言いたいことがわかったようで、シロさんはジトッと私を見てから、わざとらしくため息を吐いて笑う。

「人生楽しまなきゃ損でしょうに」

「好きなものだけをたくさん、はいつかやります」

「好きなものが増えてきたらやればいいわよ」

「でも、この旅で少しずつ思い出しましたよ、好きなもの」

シロさんは幸せそうな顔で海鮮にかぶりつき始める。私もとりあえず、とカレーを口にする。優しい甘みで、お母さんがよく作ってくれたカレーに味がよく似ていた。

お父さんもお母さんもどちらかといえば辛いほうが好きなくせに、甘めに作ってくれていた。

お母さんとお父さんの数少ない温かな記憶だ。反抗の気持ちや、苛立ちが私の脳味噌から他の記憶を消し去ったのかもしれない。

お父さんとお母さんには怒っている。嫌いだとも思っている。それでも、私の唯一の両親だ。帰りたくないと言いながら、私の帰るべき場所はあそこだと信じ切っている。

ばかばかしくなって、思考を止めて、持ってきたカニに手を伸ばす。

想像していた通り、器用なシロさんはカニの食べ方も器用だ。映像で見るようなきれいな剥き身を作ってはお皿の上に積み重ねていく。

「うまいですね」

「そう？　慣れたら恵だってできるわよ」

「どうやるんですか」

「ここの細くなってるほうをもって、へし折る」

実演してくれるシロさんの手元を見ながら、私も真似をする。シロさんの方はずるりとキレイにカニの身が飛び出していた。

私の方は、抜けるのは筋の部分だけ。殻の中に残ったカニの身をカニスプーンで掻き出しながら、恨めしい目でシロさんを見つめる。

「しょうがないわね」

シロさんは、はぁっとため息を吐いてから私のお皿を奪い取ってカニをパキパキと折り始めた。するすると剥かれたカニがお皿の上にのせられていく。

嬉しい気持ちと悔しい気持ちが心の中でせめぎあうからもう一皿持ってきていたカニに手を伸ばして、そっと折って殻を引っ張ってみる。今度はキレイにできた。

「シロさん、見て！」

カニの身を剥くことに集中していたらしく、シロさんは私の声で顔を上げる。もう一度、成功させようとカニの脚の細い方を折ろうとすれば、今度は力が足りなかったらしい。

　殻だけがぺこっと凹んで折れなかった。

「恵はあれね」

「なんですか」

「人に見られると緊張しちゃうタイプ」

　むっとなって、頬を膨らませながらもう一度チャレンジする。間違っていない分析だったことも、ますます私を意固地にさせた。次は、キレイな身が飛び出してくる。最後は筋だけになってしまったけど。

「だいたい成功じゃないですか」

「よくできました」

「赤ちゃんみたいな褒め方して！」

「何回もチャレンジするその姿勢は素晴らしいわよ」

「シロさんってお姉ちゃんみたい。偉そうなところとか」

「今日の旅館代は私が出してること忘れないでね」

「ありがとうございます。でも言い出したのシロさんですけどね！」

憎まれ口を叩いてもシロさんは受け止めてくれる。わかってるから、つい甘えて、生意気なことを口にしてしまうんだ。それでも、シロさんは決まり文句のように「生意気ね」とだけ鼻で笑ってカニを口に運ぶ。

私も途中までうまくできたカニの身を口に運べば、塩味が口いっぱいに広がった。

「カニ、おいしいですね」

「カニなんてあんまり食べる機会もないものね」

「スープみたい」

「カニの汁が？　面白いこと言うわね」

思った通り口にしただけなのに、カニを食べていたシロさんはブフッと噴き出す。出汁とかそういう系の味がしたから言ったのに。シロさんを笑わせようとして言ったわけではなかったけど、シロさんが楽しいと思ってくれるならいい。

私は、シロさんの傷を埋めることはできないかもしれないけど、笑わせて楽しい記憶をあげられるならそれでいい。私がこの数日間優しくして貰って、認めて貰えた分くらいは、シロさんにお返ししたい。それが、ただの、笑いであっても。

傍から見たら、こうやって笑い合っている私たちは本当の姉妹に見えるのかもしれない。そんなことはないか、だって人間とシロクマだもん。それにしても、シロクマだって声を掛けられることがないのも不思議だな。

着ぐるみだと思われているんだろうか、それにしても普通もう少し視線を感じてもいい気がする。

バイキングで好きなだけ食べたせいか、体が重い。部屋に戻った瞬間、目に入った布団にダイブする。シロさんも同じだったようで、隣の布団にバフンと倒れこんだ。

「食べ過ぎたわね、完全に」

「ですよね、あーもう動けない」

「私も……」

お互いに笑いあってから、布団を被って目を閉じる。いつの間にかシロさんが部屋の明かりを常夜灯にしてくれたらしく、部屋が薄暗くなった。

「シロさーん」

「なによ」

「まだ起きてます?」

「返事してるんだから起きてるでしょ」

修学旅行みたいだな。私は特に仲のいい子が居なかったから会話には参加しなかったけど、みんな暗くなった後にこっそりと話していた。恋の話や、先生たちへの不満だとか。

「シロさんは好きな人いるんですか」

「修学旅行みたいな、話題のチョイス」

「やっぱりそう思います？　私もそう思っていました」

同じことを考えていたことが嬉しくて、くすくすと笑ってしまう。

暗い部屋の中で目を細めて、天井を見つめる。ぼやぁっとした光だけが、浮かび上がっていた。

シロさんがどういう表情をしているか、体勢をしているかさえも気配でしかわからない。

「いるけど」

「え、やっぱり悠木さんですか」

「なに言ってるの」

「図星かぁ」

急に強まった語気のせいで、シロさんの想いは私にはバレバレだった。

悠木さん。チャラそうでいかつそうな人だった。お姉ちゃんのメッセージ速度とい
い、きっとお姉ちゃんも悠木さんが好きなんだろう。

「なんで好きになったんですか」

「だから」

「丸わかりだからごまかさなくていいですって。人生経験のためにも、教えてくださ
いよ」

シロさんは誤魔化すのを諦めたのか、うーんと唸っている。どう話すか考えている
ようだ。シロさんのコイバナを子守唄に寝ようと、私は目を閉じて言葉を待ちわびる。

「単純なことよ」

「それでいいから教えてくださいよ」

「名前を、呼んでくれたの」

「シロさんって？」

「まぁそんな感じ」

「シロさんってそもそも本名なんですか？」

シロさんのコイバナを聞こうと思っていたのに、つい気になって話を切り替えてしまった。シロさんは誤魔化すのが下手だと思う。「まぁそんな感じ」しか言わない。たとえ、シロさんが本名じゃなくても全然いいのにな。だって、シロさんと呼んで反応してくれるんだから、それなりに言われ慣れているあだ名か何かだろうし。

「で、名前を呼んでくれたってどういうことですか」

「めんどくさいくらい聞いてくるわね」

「知りたいじゃないですか。ファーストインプレッションですけど、チャラい人だなって感じですよ、私の印象」

「チャラいは間違ってないかも。人たらしだし、あいつ」

あいつの響きが、甘さを含んでいて。それは、シロさんと悠木さんの仲の良さを表しているみたいだった。

本当に好きなんだろうな……

好きな人……

つい、自分のことを考え始めてしまう。

「名前を呼ばれるのって嬉しいですよね」

「そうね、ほら妹がいるから。家ではお姉ちゃん。高校時代や大学では苗字。まぁ仲のいい子はあだ名とかもあったけど」

「私もそんな感じです」

「お姉ちゃんって肩書じゃない。苗字って、私だけじゃないじゃない。名前だってかぶってる人もいるけどね」

自分自身のアイデンティティみたいなことか、と納得してから、少しだけ切なくなった。私は、両親にもおじいちゃんおばあちゃんにも、お姉ちゃんにも名前で呼んでもらっている。でも、彼氏には、ここ数か月名前で呼ばれることもなかったことに気づいてしまった。

「だから、名前を何度も呼んでくれるのが嬉しくなっちゃって」

「シロさん、意外に単純ですね」

「単純よ、きっかけなんて」

「まぁそれ以外にも理由はあるんですよね」

「あるわよ、もちろん。話せってこと？」

「別にいいですけど、いい感じなんですか？」

シロさんがいい感じだとしたら、お姉ちゃんは残念ながら失恋確定だろう。どちらにも幸せになってほしいから、ぜひ悠木さん以外の人と知り合って恋に落ちてほしい。あの人は、なんとなく嫌いだし。

「誰とでも仲いいから」

「ふぅーん？」

「急に興味なくすのやめてよ」

取り繕った声は、シロさんにはバレなかったようだ。私の方がまだまだシロさんと仲が良いみたい。どうして、そんなことが嬉しいのかは言葉にできないけど、ニマニマする口元を抑えきれなかった。

「恵は？　まさか、振られた彼氏のこと」

「好きじゃないです、全く」

「まぁそうよね」

「告白されたんでまぁいいか、で付き合ったんですけど。友人以上にはなり切れなくて結局、奪われましたね」

できる限り、あっさりと言葉にすれば、思ったよりも傷ついていなかったみたい。

心が軽い。言葉にしてしまえば、痛むかと思っていた胸も、平気なようだ。

「まぁ何事も経験よ、好きな人はいないの」

「好きな人ってどうしたら見つかるんですかね」

「優しいとか、この人のために何かしたいとか、優しさを返したいとか色々あるでしょ」

「であれば、シロさんですね」

シロさんが急に黙るから、焦って起き上がる。勘違いされたかと思えば、シロさんの布団がプルプルと震えていた。私が焦ることをわかっていて、シロさんは黙り込んだんだろう。

「シロさん」

「な、なぁに」

震える声で返してくるから、声に怒りを込める。本当に怒っているわけではないけど。

「シロさんはお姉ちゃんとか家族みたいな意味での好きな人ですからね」

「わかってるわよ」

「いじわるー！」

「ごめんなさいってば、ほら、寝ましょ」

「はいはーい」

もう一度布団に潜り込んで目を閉じる。二人して黙り込んで、部屋には呼吸音だけが響く。お昼寝をしてしまったからか、全然眠気は来てくれない。

布団の隙間からシロさんの方を確認すれば、上下にゆっくりと揺れている。小声で「シロさん」と呼び掛けてみたけど、返事はなかった。

しょうがなくスマホを開く。

お姉ちゃんからのメッセージは相変わらずない。

見たくない人からのメッセージが入っていたけど。

【ごめん、一回話したい】

大学に落ちた私をこれ幸いと振ったくせに、話すことなんて何一つないでしょ。文字を打ち込みながら、恨みつらみを書いてやろうかと思って消す。

元カレからのメッセージになんて返していいかわからない。きっと返さなくても、あの子と仲良くやってるだろう。

【私は話すことない】

送ってる内にすぐにまたメッセージが届いて、なによ、と声をあげそうになった。

開いてみれば、悠木さんからで。

【小樽いるなら、定番だけど半身揚げ食べてみなよ～！　あと、プリン大福おすすめ】

と書かれていた。律儀というか、丁寧というか。知り合いの妹とはいえ、今日初対面の連絡先を交換したばかりの人間にわざわざそんなことを送ってくるとは。世話焼きなのかもしれない。

【ありがとうございます】

簡潔に返せば、返事がすぐに返ってくる。

元カレからの返事は全然来る気配もないし、既読もつかないのに。マメなところがお姉ちゃんもシロさんもいいのかもな、と少しだけ悠木さんの良さがわかった。

【お姉ちゃんには会えた？　まだ一人？　大丈夫？】

心配性なところも、よかったのかな。返事を返せばしつこく、メッセージが来そうな気がしたから、大丈夫というシロクマのスタンプだけ送り返した。

案の定返信がすぐに届く。ちょっと嬉しくなってしまうのは、人とあんまりメッセージのやりとりをしないからかもしれない。

【お姉ちゃんと全く一緒のスタンプｗ】

何が面白いんだか。でも言われてみればそうだ、お姉ちゃんから送られてくるスタンプも大体このシロクマだった。

スタンプ一つとっても、私は姉の真似ばかりしてきたんだなと実感してしまう。弱い自分を忘れたくて、スマホの電源を切ってもう一度目を閉じる。

お姉ちゃんは、北海道にいる間に私に会ってくれるんだろうか。

第七章　お揃いのキーホルダーとドライブ

昨晩スッキリ眠れたのか、前を歩くシロさんの足は軽やかだ。駅から海へ向かって、ひたすら下っていく。坂道が続く道は、気を抜けばコロンッと転がっていってしまいそうだ。

レンガ調の道に、古めかしい建物。すべてが、絵になりそうなくらい美しい。海から吹いてくる潮風は、ざらりと皮膚をなぞる。

「この道の先にさぁ、飴屋さんあるんだよ」

「そうなんですね」

海の方を指差す。そして、シロさんは今にもスキップしそうな勢いで、坂を降っていく。そういえば、いつだったかお姉ちゃんから飴の詰め合わせが送られてきたな。黄色と緑の混じったりんご飴、手鞠の形をした飴、ラムネ味の飴。どれもこれも、食べたことないはずなのに、懐かしい味がしておいしかった。

微かな酸っぱさと、ほんのりとした甘さが口いっぱいに広がって、瑞々しい。思い返すだけで、味が口の中に再現されて、頬をきゅうっと締め付ける。

「ここ！」

海に着く直前でシロさんがポテポテと走り始める。

私も息を荒らげながら追いかければ、屋台のような飴屋さんに辿り着いた。

木でできた屋台の上には、数十種類のカラフルな飴が並んでいた。よく見れば、知っている飴だ。お姉ちゃんが送ってきたものと、全く一緒だった。

「お、姉妹かい？　いらっしゃい！」

人の良さそうなオジさんが、私とシロさんを見てはっきりと「姉妹」と言った。シロさんがお姉ちゃん、想像してみてもやっぱり悪くない。でも、なんだか今のお姉ちゃんとの関係と変わらない気もする。

ううん、お姉ちゃんより相談しやすいのはあるけど……他人だからと最初にペラペラ喋りすぎたせいかもしれない。

「味見してみるかい？」

「じゃあきなこを……」

おじさんの言葉に小さく返せば、明るく笑ってくれる。

「はいよ！」

手のひらを差し出せば、コロンっと手の上に菱形のきなこの飴を乗せてくれる。すぐに頬張れば、甘い優しい味わいが広がっていく。シロさんの私への優しさみたいに、すうっと体に染み込むから気に入ってしまった。

目についた小さい鞠のような飴と、きなこ飴を順に指さす。

「きなこ飴と手鞠のやつをください」

「気に入ってくれたのか、嬉しいな！　オマケに色々入れとくから食べてな」

「ありがとうございます」

そう言って、小袋で包まれた飴をガシッと掴んでおじさんは袋の中に入れてくれる。

そのまま、私にずいっと差し出した。

ビニールの袋を受け取れば、次はシロさんの方を向く。

「りんご飴といちご飴ください」

「はいよ、お姉ちゃんの方にもオマケ！」

シロさんにも私と同じく、ごそっと掴んだかと思えば袋に放り込む。そして、むんずと袋を差し出した。シロさんは、ふわふわの手で大事そうに受け取って、抱きしめる。

私よりシロさんの方がお姉ちゃんだと思ったことに驚く。

なんでだろう？　気になったことが、すぐに口から出ていく。

「そんなに私子供っぽいですか？」

シロさんと一緒にいるせいで、私は私らしくなくなってしまったらしい。今までだったら、こう言えば、あぁ言えばと、考えて口にせずに一人で悶々としていた。

「あれ、逆だったか？」

「あ、いえ、合ってるんですけど、いや、本当は姉妹ではないんですけど」

「友人だったのか！　勝手に悪いな！　娘と同じくらいの歳の子達は全員似た顔に見えるからな、悪い悪い」

　ガハハと豪快に笑ってから「詫びの気持ちだ！」と言って、さらにおまけの飴を手のひらいっぱいに差し出す。受け取ってから、おじさんの顔を見つめる。お子さんが私と同じくらいなら、お父さんたちと同じくらいだろうか。

「悪いな、勝手なこと言って」

「全然いいんですけど、シロさんの方が大人っぽく見えるのかなぁって」

「落ち着いてる感じで勝手にそう思ったんだが……よーく見るとわからないなぁ」

「そうですか」

「そんなに、私より年下に見えたの悔しいの？」

　飴を味わっていたシロさんが、イタズラっぽく笑って、私の頬をツンツンと突く。

　シロクマの見た目をしているシロさんより、年下に見えるってどういうこと？　と思っただけで。年下に見られたことが悔しいわけではない。断じて違う。

「シロさんの方が子供っぽく見えるんで」

「今日も絶好調に生意気ね」

照れた風に「えへへ」と笑えば、すぐさま「褒めてないから！」っと返ってきた。

本当の友人、ううん、姉妹みたいなやり取りだと思う。親しい人の会話の仕方、だ。

飴を受け取っておじさんにバイバイする。オマケの飴を一つ取り出して、口の中で転がす。

風が吹けば、寒いはずなのに、飴のおかげで爽やかに感じられた。

「あとは行きたいところないんですか」

「とりあえずキーホルダー受け取りに行こうか昨日の」

あっ、と声が出た。

海鮮を食べて、シロさんとのケンカのせいですっかり忘れていた。

私の不器用なシロクマのガラス玉。

海を左手に、ぐんぐんと歩いていけば、徐々に昨日見た景色に戻っていく。昨日のガラス屋さんに入れば、同じ店員さんが「お待ちしておりました」と私たちを迎え入れてくれた。

出してくれたシロクマのガラス玉は私のは水色、シロさんのはピンク色の紐でキーホルダーに仕上がっている。キーホルダーになったものを見ると、それなりに可愛い。

「昨日は失敗したと思ったのに」

「なに、不器用なの気にしてたの？」

「気にしてました、シロさんはうまいのになって」

「そりゃあ私はそういうの得意だから」

えっへんと胸を張るシロさんの背中を軽く押す。シロさんの反応に、少しだけ意地悪したくなった。シロさんはよろけることもなく、くるりと身を返して私を抱きとめる。

温かくて、もふもふの毛が私の顔に張り付いて気持ちいい。すりすりと擦り寄れば、シロさんはパッと私を離す。

「じゃあ私のをあげよう」

シロさんがピンクの紐のキーホルダーを迷いなく持ち上げて、私のカバンにくくりつける。

私の下手くそなやつをシロさんにあげるってこと？　さすがにそれは、抵抗がある。せっかくの思い出なのに。

黙り込んだ私に、シロさんはムッとした顔をした。

「何、嫌なの」

「でも、私のやつ……」

シロさんの完璧なシロクマと違って、私の方は、顔がちょっとべちゃっと潰れている。鼻と目の間隔が狭いからかもしれない。それに口だって、歪《いびつ》に笑っている感じだ。

「ちょっとぶちゃいくで可愛いじゃない」

「ぶちゃいくじゃないですー！」

「味があって良いわよ、ほらつけて」

シロさんがカバンを私に差し出して、つけてつけてと迫る。覚悟を決めて私のキーホルダーを取り付ければ、それなりの物に見えた。プロの手直しはすごい、と言おうとすれば、シロさんは嬉しそうにキーホルダーのシロクマの頭を撫でた。

「可愛いわね」

「いいんですか」

覚悟を決めたはずなのに、私はまたウジウジしてしまう。シロさんは、ジトッとした目でため息を吐いた。

「何が」

「それで……」

「良いに決まってるでしょ。私と恵の思い出」

思い出、だけど。だったら尚更もっと良いものの方が……

「また一人でぐるぐるして、お姉ちゃんの言うことが信じられないわけ？」

「お姉ちゃんではないですけどね」

シロさんはお姉ちゃんじゃない。だけど、同じくらいの大切な人になっている。憎まれ口を叩けるくらいには。

「あぁ言えばこう言うんだから！」

私の頭をわしゃわしゃと乱してから、シロさんは優しい目でぶちゃいくなシロクマのキーホルダーを見つめる。

「シロさんがいいなら、いいです」

キーホルダーのシロクマの頭を撫でて、ふふっと笑うシロさん。心が、こそばゆい。

照れそうになったから顔を背けて、逃げるように店を後にする。

「この後どうしよっか」

「どうしましょうね、シロさんどこ行きたいですか」

「えー苫小牧？」

「とまこまい？」

「ホッキがおいしいのよ」

ホッキ。ホッキ貝、なんか先っちょが赤くて、テロンっとした貝だった気がする。あまり食べたことも、見たこともない。

「よし、決めた！」

「付き合いますよ」

「恵の北海道観光なのに」

「シロさんの行きたいところにも行ってみたいんです」

シロさんのことを知りたいから。何か、私が返せるものがないか見つけたいから。

「レンタカー借りちゃおっか」

「運転できるんですか？」

その姿で？　は言わないでおいた。シロクマに見えているのがもしかしたら、私だけかもしれないし。飴屋さんのおじさんの反応とか、駅ですれ違う人たちの反応からそんな気がしている。

「できるわよ、よし、借りましょ」

そんな私の戸惑いを知ってか知らずか、シロさんはスマホでたったったと何かを検索し始める。街並みを見渡せば、レンタカー屋さんがいくつか目に入る。どこでも借りられそうだけど。

「ちょっと予約するから、待っててね」

「はーい」

シロさんがスマホで予約している間に、私もスマホを確認する。お母さん、お姉ちゃん、元カレからメッセージが入っていた。他の友達からのメッセージは、特にない。

元カレと付き合い出したであろう、友達からも。

お母さんからのメッセージを開けば、【定期的に連絡入れてね、心配だから】と。

今更だな、と思いながらも、案外悪くない気持ちなのは、離れてみて少しは恋しいのかもしれない。

次にお姉ちゃんからのメッセージを開けば【登別温泉《のぼりべつおんせん》】とだけ書かれている。お姉ちゃんが次に行く場所なのか、行ったらいいよという意味なのかは判断がつかない。どちらでもいいか、と「了解」のシロクマスタンプだけ送る。

登別温泉の名前は聞いたことがあったけど、どこにあるかもわからないし。

元カレからのメッセージを開こうとした瞬間、シロさんが顔を上げて「よし！」と声を出した。

「あそこのレンタカー屋さんで予約したから行くよ」

もう目と鼻の先にあるレンタカー屋さんをシロさんは指さす。

「そんなあっさり借りられるんですね」

「そうみたいね」

「冬道、大丈夫ですか？」

「もう、三年も道産子《どさんこ》やってれば余裕よ」

ほんの少し歩いて、見えてるレンタカー屋まで向かう。

中に入れば、ムワッとした暖房が体を一気にあたためた。

受付に向かうシロさんの後ろをついて歩く。私は免許を持っていないから何もできないけど。

シロさんが予約したスマホの画面を開いて、受付の人に声をかければ、免許証の確認や、保険の説明、車の説明などがあるらしい。

シロさんが「すぐ終わらせるからソファで座ってて」と、入り口付近にあるソファを指し示した。ソファに座って、先ほど確認できなかった元カレからのメッセージを開く。

【恵にもう一度会いたい、別れたいって言ったけどまだ好きだ】

もう付き合えないって一方的に別れを告げてきたくせに、女々《めめ》しいメッセージにため息が漏れた。いつだってそう。彼が好きを言葉にしてくれたのは、最初の告白の時と、受験のストレスに押し潰されそうになって彼自身が不安になっていた時だけだ。

私をただ、優しさをくれる人だとでも思っているのだろうか。私になら、何しても受け入れて貰えると、もしかしたら、甘えられていたのかもしれない。でも、優しく出来るほど、彼に思いは一ミリも残っていなかった。

メッセージに返信もせずに、画面を暗くする。

元カレに振り回されるのはもう嫌だった。

「借りれた、行くわよ！」

「はーい」

シロさんと外に出れば、真っ黄色の車が用意されていた。シロさんは店員さんと一緒に車の周りをぐるりと回って、傷や凹みを確認している。

「オッケーだって、恵は助手席ね。あ、キャリーは後ろ」

「はーい」

車の後部座席の床に、キャリーケースを入れてから、助手席に乗り込む。親や祖父母以外の車に乗るのは、初めてかもしれない。今になって気づいたけど。

レンタカーの中は、借り物の匂いがする。親の車と大差ない広さの、普通の車だ。こういうのをコンパクトカーって言うんだっけ？　大人が四人くらい乗れそうな車内。

助手席に、座って手持ちのカバンを膝の上に載せる。運転席に座ったシロさんが、バックミラーの角度を調整して、イスの高さを変更し始めた。

慣れている姿に、感嘆のため息が出る。ちょっと、かっこいい……！

シロさんの出発を待てば、「シートベルトした？」と確認される。慌てて、シートベルトをすれば、車はスムーズに走り出す。そして、海沿いの道へと進んでいく。

「高速に乗って一気に行くけど、とりあえず海は見ておきましょう。せっかく小樽に来たんだし。まぁ苫小牧も海の街だけど」

シロさんの言葉に従って小樽の海を眺めれば、荒々しく波が寄せては返して白っぽくなっている。北海道の海は、険しそうだ。

私の視線に気が付いたのか、シロさんは頷いた。

「冬は険しいわよね」

「夏はもっと穏やかなんですか」

「天候次第！」

当たり前の返答に、それもそっかと頷く。車のラジオは、スマホと連動できるようで、シロさんはお気に入りの曲を掛けている。そして、口ずさみながら、車を走らせる。

「シロさんが運転できるの意外でした」

「私、手先が器用じゃない」

「運転はどちらかといえば、運動神経では？」

「あー、たしかに。恵は、うまそうね運転」

「したことないですけどね」

もう免許は取れる年なのに、取ろうとも思っていなかった。周りの友達も誰も取っていないからかもしれない。公共交通機関で移動するのが当たり前だったし。

浪人している間に、免許を取るのも良いかもしれない。でも、そう言ったらお母さんがまた「そんなのじゃ落ちる！」とか言い出しそうだな。そして、お父さんはお母さんの言いなりのまま、何も言わずに相槌を打つだけの人形になりそうだ。

「免許取らないの？」

「取る予定はないですね」

「あると便利よ、こういう時、車移動できるし。寒い中歩きたくなんかないでしょ」

散々歩かせた後に言うセリフじゃない気もするけど、確かにこんな寒い中、長くは歩きたくない。頬は真っ赤に染め上げられているだろうし、耳なんか感覚がなかった。

シロさんが貸してくれたピンクのピーコートがなかったら今頃寒さに震えて、倒れていたかもしれない。

「シロさんはどうして免許取ったんですか」

「昨日から質問ばかりね」

「シロさんのことを知りたくて」

「あーはいはい、逃げたかったからよ」

誤魔化すように茶化した返事をするのは、聞かれたくない質問だったからなのかもしれない。そっけなく答えてから、また歌を口ずさんでいる。もうこれ以上聞かないでというアピールだとは思うけど、今はそこで折れるべきじゃない。だから、続けて質問を繰り返す。

「それは、家からですか」

「そんなに興味ある？」

「あります！」

「はぁ……そうよ。車って自分だけの空間じゃない？　だから一人きりになれるって意味でも、免許を取りたかったの」

愛されたかったのに、一人きりになりたい。矛盾しているように聞こえるけど、私にはその気持ちがわかる。私を思っての優しさじゃないなら、いらなかった。だから、お母さんの言葉に苛立ちを覚えたし、何も言わないお父さんが嫌いだった。そして、都合が良い時だけ近づいてくる彼のことも……

「逃げ出したくなるのは、わかります」

「逃げ場は、でも、恵にはあるでしょ」

「……シロさんの逃げ場にはなれないですかね」

いつのまにか車は、高速道路の入り口付近まで来ていた。そのままＥＴＣでピッと、高速道路に入っていく。

すごいスピードで、木々が生い茂る道を車が進んで、あっという間に小樽から離れていった。

「恵が？」

「私が、です。おこがましいですけど、私もシロさんの役に立ちたいなって」

「恵は素直に妹らしくしてれば、私の役に立ってるわよ」

そんなことで、役に立っているわけないと思いつつも、とりあえず妹らしく大人しく黙る。お姉ちゃんの邪魔をしないように、静かに窓の外を見つめた。

雪をまとった木々が揺れて、粉雪を地面に振り落としている。

すると、シロさんがちょっと驚いたようにミラー越しに私と視線を合わせた。

「なんで急に黙んの？」

「妹らしく、しおらしくしておこうかと」

「はい?」

戸惑い気味に、シロさんが一瞬私の顔を見つめる。すぐさま、まっすぐ前に視線を移したけど。シロさんの戸惑いの意味がわからなくて、首を傾げてしまう。

「妹ってそういうもん?」

「私の中では……?」

問いかけられて気づく。違う、私の中ではじゃなかった。お母さんやお父さんが求める妹像を私は、なぞっている。お姉ちゃんの邪魔をしない、お姉ちゃんのように生きる。それは、お母さんお父さんが押し付けてきた妹像だ。

私が私じゃない、生き方。

シロさんにとっても違和感のある妹。シロさんにとっては、妹と私を重ね合わせているからもあるかもしれない。

「シロさんの妹ってどんな感じですか」

「また、誰かの真似をするの?」

シロさんの言葉にグッと息が詰まる。お姉ちゃんの真似をしてきたことを話したからの言葉だろう。私らしい、が見つからないから誰かの真似をしているのに。

じゃあ、私がどうすればいいのか。

問いかけようとすれば、シロさんは、何も答えてくれそうにない。

「自分で見つけなさいよ」

「見つけられる人が羨ましいですね」

ヘラヘラと笑って言葉にすれば、シロさんは、冷たい声色で私を叱咤した。

「それでいいの？」

よくはない。

よくはないと、この旅で私はわかってしまった。それでいいと信じきって大学受験も彼氏も、将来も決めていた。だから、それを覆《くつがえ》すにはやっぱりパワーがいる。

ついつい、楽な方に流れようと勝手に体が、脳味噌が動いてしまう。私だって、私らしさを手に入れたいと、自由なシロさんを見て思った。

「シロさんみたいになりたいなぁ」

「また、真似っこ？」

「シロさん、厳しいですよね」

「優しさと甘さは違うよ」

「優しい厳しさなのもわかってます。ますます、お姉ちゃんみたい」

偉そうで、私に優しいお姉ちゃん。ただ、優しいだけではなかった。いつだって、私の将来に一番真剣だったのはお姉ちゃんだった。私が悩めば、寄り添ってくれた。でも、勝手に答えを出すことはしない。

「道を決めるのは、優しさじゃなくて甘さですかね」

「それはまた別じゃない？　優しさでも甘さでもなく、自分勝手よ、そんなの」

「そう思ってもいいんですかね」

「親の話、ね？」

こくんっと頷く。あれは、お母さんなりの優しさで、私への思いやりだと思い込みたい。そんな気持ちがまだあった。私に寄り添ってくれないことには怒っているけど、愛されていたと信じたい。

「自分勝手よ、そんなの」

「優しさの場合もあると思いません？」

「最終的には相手の首を絞めるだけじゃない。そこに、自分自身なんてないでしょ」

シロさんの言葉は、尖った氷のようにずさずさと体に突き刺さる。自分自身なんて、確かにない。だから、食べたいものを選ぶことすら私は困難だった。

優しさと思い込みたいのは家族への情か、憧れか、夢か。どれでもいいけど、私はやっぱりバカみたいだ。

わかったふりをしていたのに、改めて言葉にされて実感すると胸が痛い。親は私をどう見ていたのだろうか。答えは出ないけど、きっと姉のスペア程度だったはず。

「恵がどうしたいかが何より、大事だけどね」

「好きなものも、わからないのに」

「好きがわからなくたって、やりたい、やりたくないくらいは自分でわかるでしょ」

わからない、わからないからこんなに惨めな気持ちになる。やりたいと思っても、親がやるなと言えばやりたくないと嘘をついた。やりたくなくても、親にやれと言われれば、やらなくちゃいけないと思い込んでやってのける。それが私の人生だと思っていた。でも、この数日で、二転三転と変わっていく思考回路に自分でも驚いている。

脳味噌が熱を持っているのがわかるくらい、自分自身で何かを考えているからだとも思う。いいこと、な気がする。

両親のことを考えれば気が重いし、お姉ちゃんに嫌われているかもという想像で吐き気はするけど、でも、自分で自分の人生を生きるってこういうことかなってワクワクもしている。

「心が一ミリでも、ワクワクする方を選べばいいのよ」

「でも大人ってやりたくないこともやらなくちゃーとか、嫌なことを率先して代わりにできる人になりましょうとか、よく言うでしょ」

「んなもん、くそくらえって中指立てて無視」

シロさんの手では中指を立てられていないけど、多分そういう動作をしているんだなってことはわかる。その選択をできる時点で、強い人だろうけど。私もそうなりたいと思った。

「くそくらえって中指立てれるようになりたいな」

「あ、変なこと教えたって言われるから、実際にはやらないでよ。心の中でだけね」

「シロさんも心の中で中指を立ててるの？」

「当たり前じゃん」

当たり前なんだ。真剣な話をしていて脳味噌がぐるぐるしていたはずなのに、つい笑ってしまう。

通り過ぎていく緑色の看板の文字は、札幌だった。

「たとえば？」

「そんなこと知りたい？」

「気になるじゃないですか」

「妹ばっか構うくせに、私には手をかけずに何もかも要求してくる親とか？」

「シロさんもとことん、親のこと嫌いですね」

言葉の端々から滲み出る親への恨みつらみに、共感してしまう。だから、シロさんと一緒にいるのは楽なのかもしれない。

「まぁ絶縁したい！　ってほどでもないのが、逆に辛いよね」

「そうなんですよね……世間一般で見れば、いい親って言われますからね」

「そうそう、子供特有の愛されてない症候群みたいな言い方をされて、両親揃ってお金を出して貰えるだけありがたいんだから！　みたいな反応されるし」

「そうなんですよ、大学まで行かせて貰えるのに！　みたいな」

「ありがたいとは思ってるし、そこの点に関してはちゃんと感謝はしてるよ。してるけど、それ以上に優しさや愛情を返そうとは思わない。でも、他人にはわからないから。家庭の中のことは、外には見えないし」

シロさんの言葉がしっくりとくる。

ごはんには困らなかった。

でも、温かい食卓も、褒められることも、悲しい時に寄り添ってくれることもなかった。

お母さんは、きっとお姉ちゃんで満足していて、私は要らなかったんだろうな。そう思う日々がずっと続いていた。それは、思春期のあるあるではなくて、事実きっとそうだった。だから、私の将来の道を全て勝手に決めてきたし、私の言葉には耳を傾けない。

「それに、自分勝手に生きても、大して他人に気にされないってわかったし」

「大学生になってですか？」

「他人なんて、人に興味ないんだよ。迷惑かけるような自分勝手じゃなかったら、大体忘れてくから」

「シロさんはやっぱり強いですよね」

自分勝手を選べる時点で、十分強い。それが、親から貰った強さじゃなかったとしても。

「でも、恵のその強すぎる協調性も、強さだと思うけど」

「そんなことないと思いますよ」

「人に優しくできるのも、強さの一種よ」

私は優しくなんてない。だって、私はただ興味がないだけだ。何にも興味がなかったから、すべてどうでもよかったの方が正しい。

「だって、私に優しくして貰ったから返したいんでしょ」

シロさんがまっすぐ前を見つめて運転しながら、呟く。どきりとしてしまった。私の密かな思いは、バレバレだったのか。

対等になりたい。いつしか、そう願うくらいにはシロさんのことが好き。

「バレてました？」

わざとらしく明るい声を作って、シロさんに答える。シロさんは「バレバレよ」と投げやりに口にしたけど、少しだけ口角が上がっていた。

「その想いが嬉しかったからいいの」

「シロさん、デレ期ですか？」

「ほんっとに生意気な子」

「妹みたいで可愛いってことですか？」

「はいはい、可愛い可愛い」

「わー褒められたー！」

ふざけたやりとりを繰り返しているうちに、見えてきた緑色の看板に「苫小牧」の文字が浮かぶ。いつのまにか、こんなところまで来ていたようだ。

「ホッキカレーでも食べる？」

「カレーなんですか？」

「言わなかったけ？　カレー好きなんでしょ」

「好きですけど、シーフードカレーってあんまり食べたことない気がします」

お母さんが作るカレーは家庭のカレーそのものだった。カレーを思い返せば、お母さんとケンカしたことをふと思い出す。作ってくれなくなったのは、私が高校一年生になりたての頃だ。お姉ちゃんが大学に進学して、家を出ていった時期。

あの頃はまだ、私はお母さんに対して「どうして」「なんで」と口にしていた。お姉ちゃんがいなくなったからでしょ、とは言えなかったけど。

お母さんの料理を久しぶりに食べたくて、私は駄々をこねた。珍しく風邪を引いて学校を休んでいる時に、仕事を持ち帰ってきたのか、お母さんは家でパソコンを開いていた。

久しぶりの風邪での心細さと、入学したばかりでクラスにも馴染めていないのに、という不安で言った気がする。

「お母さんのカレー久しぶりに食べたい」

「仕事が忙しいの。高校生なんだからそれぐらい自分で作れるでしょ、元気になったら作ればいいいじゃない」

私の珍しいワガママは、そんな一言で吹き飛ばされた。高校生にもなって親に甘えたいという思い自体おかしいのかもしれないけど。私は、お母さんに抱きしめられたかったし、心配して看病してほしかった。

「また一人の世界」

「あ、ごめんなさい」

窓の外の世界に目をやれば、高速の降り口に差し掛かっていたようだ。景色の移り変わりが、ゆっくりになっていく。山？　丘？　を緩やかに下って、街の中へと車は溶け込む。

「もうちょっとで着くよ」

シロさんと話していると時間はあっという間で、太陽が少しずつ高度を下げて空は夕方へと移り変わろうとしていた。街並みを通り抜けて、海が見えてくる。

第八章　ジンギスカン

海鮮市場のような建物を過ぎると、広い駐車場にシロさんは車を停めた。

看板は出ているが、駐車場にもお店の前にも、人の気配はない。車から降りてお店に近づけば、明かりすら見当たらなかった。

「あ……」

しまったという顔をして、シロさんがキョロキョロ周りを見渡す。お店の看板を私も見つめれば、お昼で終了の文字。どうやら営業時間が短いらしい。

一瞬シロさんがどうしようと言うようにこっちを見て、私は咄嗟に後ろを指さした。

「あっち！　あそこ行きましょう！」

通り過ぎてきた市場の方へと、シロさんを引っ張りながら歩く。オレンジ色に染まった空に照らされながら、寒さに耐えながら前へ進む。

シロさんの表情は曇っていて、失敗してしまった時の私みたいな絶望感が漂っていた。

「そんな時もありますよね、私調べればよかったな！」

明るい声をわざとらしく上げて労るような言葉を選べば、シロさんは力なく首を横に振る。そこまで落ち込まなくたっていいのに。

市場に着くと、まだ明かりが灯っていて、営業しているようだ。一歩足を踏み入れれば、果物屋さんや魚屋さん。奥の方には飲食店が並んでいるらしい。

ずらっと立ち並ぶお店の商品に目移りする。一部は品切れになっているのは、こんな時間だからだろう。

「シロさん、すごいですよ！」

しょぼしょぼとしたシロさんの肩を叩いて、吊るされたフルーツを指さす。北海道のものかは、わからないけど並べられたフルーツは目に美しい。色とりどりのフルーツを、目移りしながら眺める。

「キレイですねぇ」

私の言葉にシロさんは調子を取り戻してきたのか「景色みたいな感想ね」といつもみたいに、口にする。

シロさんの右腕を勝手に組んで、飲食店が立ち並んでいる場所までぐんぐんと進む。

「シロさんは何がいいですか？　海鮮丼？　あ、ジンギスカン！　私北海道来たのにジンギスカン食べてない！」

シロさんの気を引くのに必死で、何が食べたいか思いつかないまま、目についた看板の文字を読み上げる。スープカレー、海鮮丼、ジンギスカン、イタリアンまであった。

「スープカレーこんなとこまであるんですねぇ」

「恵は何が食べたい？」

「こんな時まで私ー！　シロさん私のこと大好きですねほんっとに」

「生意気なとこが可愛いの！」

外を歩いているうちに冷えてしまった手で、シロさんの頬を包み込めば温まっていく。冷たさがシロさんに伝わっているかはわからなかったけど、シロさんが嫌そうに身じろぎしたから伝わっていることにしとこう。

腕を組み直されて、シロさんはジンギスカンのお店に近づいた。

「ジンギスカンにする？」

「せっかくなんで！」

「じゃあそうしましょうか」

ジンギスカン屋さんを覗き込めば、焼く場所もなく食べるスペースが数席用意されているだけだった。

「いらっしゃいませ！　お持ち帰りですか？」

私たちに気づいた店員さんが、ガラス張りの裏から出てきてメニューを見せてくれた。どうやら持ち帰れるようになっているらしい。でも、食べる場所もないし……悩んでいる私の代わりにシロさんが答えを出す。

「ここで食べていきます」

「かしこまりました！　メニューお決まりになりましたら、お伺いしますね」

一旦戻っていった店員さんを視線だけで追いかければ、大きい鉄板がガラス張りの内側に用意されている。あそこで焼いて出してくれるのかもしれない。

「どれにする？」

「ジンギスカンは全くわからないので、お任せです」

「私も全くわからないから、ここはおすすめを選ぶか」

セルフサービスのお水を持って、席に座る。

店員さんが注文を取りに来てくれたので、おすすめと書かれているものと、その隣のメニューを注文する。作りに戻った店員さんの後ろ姿を見送っているとメッセージがスマホを何回も鳴らした。

開かずに通知だけ見ると、元カレからの会いたいメッセージだった。

一方的に振ってきたくせに、しつこく連絡をしてくる理由がわからない。

手早く返そうと思って、メッセージを打つ。でもどう断っても、一度だけと送られてくる。

もしかしたら、友達とうまくいかなかったのかもしれない。むしろ、それ以外の原因は思いつかない。

むっと唇を尖らせて何これ、と呟いていると、からかうようにシロさんが私の頬を突いた。

「また、一人でぶつくさ言ってるよ」

「彼からの会いたいメッセージがだるくて」

「電話して、会いたくないって言えばいいじゃない」

シロさんはあっけらかんと言い放って、メニューをしげしげと見つめている。メッセージで断っているのに、電話だけで変わるだろうか。考えつつ、彼のメッセージを読み返す。

そこでふと、気づいた。彼は私の言葉を無視している。

「なんなら今電話しちゃいなさいよ、あんたなんかお断りクソやろーって」

「口が悪い」

「それくらい言わないとわかんないでしょ、鬼メッセしてくるやつなんて」

「たしかに！」

シロさんの言うことも一理ある。それに、口を悪くすれば思っていたのと違うとなって、諦めてくれる可能性だってある。もしかしたら、会ってしまえば私を言いくるめられると思っているのかも。

考えれば考えるほど、腹が立ってきた。

どこまで人を馬鹿にすれば気が済むんだろうか。

「かけちゃいます！」

電話をする気になったのは、隣にシロさんがいるのが心強いから。それと、今なら言い返せる気がしたからだと思う。

トゥルルというお決まりの音が、数回。

あっさりと彼は電話に出て、跳ねたような嬉しそうな声で私の名前を呼んだ。

久しぶりに聞く彼の口から出た私の名前は、私の名前なのに他人を呼んでいるみたいだった。

『恵？』

「しつこすぎて、だるい」

『俺が悪かった。俺は、まだ恵が好きだよ』

「ちなみにさ、私の名前呼んだのいつぶりかわかる？」

私だってわからないけど、どうしても聞きたくなった。シロさんが「名前を呼んでくれたから」好きになったと言っていた悠木さんを思い出しながら。距離を詰めてきて嫌だなとは思ったけど、名前を呼ばれるのはやっぱり嬉しい。

シロさんだって、毎回私のことを名前で呼んでくれた。しつこいくらいに「恵は何食べたい？」「恵はどこ行きたい？」何回も何回も、私の意思を確認してくれる。

私は、もう、誰かが選んだ道を歩くだけ、の人間ではない。中指だって、立てられる。心の中で、だけど。今はまぁ、シロさんが言ってくれているからかもしれないけど。家に帰ってひとりぼっちに戻ったらどうなるかは、私自身もまだわからない。

私の問いに、電話の向こうの元カレは少し怯《ひる》んだようだった。

『そんなの覚えてないよ、なんだよその質問』

「多分、最後に私の名前を呼んだ時が終わりだったんだよ。もう戻れません」

『なんでそんなことを』

「ちなみに、私のことを好きって言ったのも、受験で弱ってたとき以来だよ」

『それは……』

ごくんっと唾を飲み込む音がスマホ越しに聞こえる。きっと彼はここまで私に言い返されると思ってなかったんだろう。でも、私も彼の名前を呼んだのはいつが最後だったかわからない。多分その時すでに、私たちの恋は終わっていた。

私は最初から恋だったか、わからないけど。そこの点に関しては、申し訳なく思ってしまう。告白されたから、なんて理由で付き合ってごめんなさい。

「だから、もう会えません！　ごめんね」

ぐっと息を飲み込んだ音が聞こえて、すぐに『わかった』と大人しく同意する声がした。こんなにすんなり頷くだなんて。もっと上手く言いくるめようとしてくると思っていたのに。

俺しかいない、とか、恵のために言っているんだよ、とか。思いつく限りの彼を想像してみたけど、どれもバリエーションのない、ただのエゴの塊だった。

私自身の意思も、選択も全てを無視したものだ。だから……だから——

「バイバイ」

プツッと切れた通話に、ふぅっと長いため息を吐き出す。シロさんは横でずっと呼吸を止めていたようで、ぷはあっと大きい深呼吸をして、親指を立てた。

「やるじゃん」

「なんですかー、もう！」

「かっこよかったなぁって、最初のうじうじ、どうしよどうしよ、とは違う感じ？」

ちょうどいいタイミングで、ジンギスカンが届く。

ほかほかの湯気を立てるお肉は、いい色をしていた。

お肉を焼いた香ばしい匂いが鼻の奥を刺激して、お腹をぐぅぅと鳴らす。

目の前のジンギスカンが冷める前に、と箸で摘《つま》む。ジンギスカンを一口食べてみれば、口の中で脂がじゅわりと染み出して、フルーティーなタレと相まって旨みが押し寄せてきた。

「おいしいですね」

「もう、食べ物の方に集中してるじゃない」

「いい匂いでずっと我慢してたんですもん」

「それもそうね」

シロさんもハフハフと頬張って、幸せそうな顔で笑う。私もこんな幸せそうな表情で、笑っているんだろうか。

マジマジと観察していれば、シロさんはお皿を持ち上げて横を向きながら食べ始める。

「あげないわよ」

「違いますよ！」

「じゃあ何？」

「おいしそうだなって」

「違くないじゃない！」

見ることをやめて、私もジンギスカンに集中する。白いご飯が欲しくなるようなタレの味だ。おいしくて、つい、私の唇も綻《ほころ》ぶ。

きっと今、私はシロさんと同じ顔して笑っているだろう。シロさんのマネだったけど、中指を立てることもしっくりきている。

「シロさんは」

「んー？」

「すごい人ですね」

「家族とも仲良くできないような、矮小《わいしょう》な人間よ。中指立てるようなお行儀の悪さもあるし」

シロさんはふっと自嘲的に笑って、ジンギスカンを口に運ぶ。

自分のことを悪く言うシロさんに、首を横に振る。そんなことを言ったら、私の方が矮小《わいしょう》な人間だった。でも、シロさんと話しているうちにそんな弱くて、甘ったれの自分を受け入れている。

だから、シロさんはすごい人だ。

「ううん、シロさんはすごい人ですよ」

シロさんは私の目を見て、名前を呼んでくれる。そして、私の選択肢を尊重してくれた。だから、私の心の渇きが一時的に収まっているのかもしれない。シロさんと一緒にいなかったら、どうなるかはわからないや。

それでも、お姉ちゃんに会いたいという気持ちも、どうしても帰りたくないという気持ちも、今は鳴りを潜めている。

好きなことは少しずつ見つけてきた。それでも、やりたいことはまだ見つかっていない。だから、まだ帰るつもりはなかった。

ジンギスカンを食べ終わって、市場の中をもう一度通り抜ける。

時間も遅くなってきたからか、片付けを始めているお店が多かった。

市場を出れば、オレンジ色だった空は、濃い色に染まり始めている。吹く風が冷たくて、手をこすりながら車へ向かう。寒い空の下を歩いたせいか、息が白く染まっていた。

駐車場にあった自販機で、シロさんはあたたかい飲み物を買ってくれる。私には、ココア。シロさんは、微糖のコーヒー。

そんなところも、大人だなと小さく憧れの気持ちを抱く。飲み物一つで人間が決まるわけじゃ、ないけど。

そのまま、車に乗り込んで、飲み物で暖を取る。シロさんがエンジンを掛けて、車内には暖房が効き始めてきた。

「そこらへんのホテル取りましょうか」

シロさんがスマホを操作しながら、近くのホテルを調べている。ココアで喉を潤しながら、相槌を打った。

「そうしましょう」

札幌に帰るでも、どこか違う場所に行くでもいい。でも、まだ帰りたくはない。どこか、北海道の知らない場所をまだまだ見てみたい。

そしたら、私のやりたいことも、見つかる気がする。

ホテルが決まったのか、シロさんはこちらを見た。首を傾げれば、シロさんは小さく唸る。

「この近くなら、登別の温泉でも行く？」

スマホで見せてくれた画面には、登別温泉という文字が表示されていた。所要時間は、一時間ないくらい。今から行ったとしても、少し遅いくらいの時間になりそうだ。

「それは、アリかもしれませんね」

「じゃあ、明日は登別行こう」

「えっ、明日の話だったんですか？」

今からだと思って驚いていれば、シロさんはくすくすと笑う。

「さすがに、もうゆっくり寝たいもん。久しぶりに運転したし」

確かに私はただ助手席に乗っているだけだったけど、シロさんからしたら運転しっぱなしだ。それもそうか、気を遣えなかったなと思いながら頷く。

「よし、じゃあ近くのホテル行くわよ」

車が薄暗い道を走り始めて、シロさんは窓を開ける。車の中の蒸せるような暖房と、外の冷気が混ざって少し心地よい。

「好きなのよ、風に吹かれるの」

「私も嫌いじゃないです。ちょっと、寒すぎますけど」

ふふふっと笑い合って、ココアをちびちび飲む。登別は、温泉として名前を聞いたことがある。あと、クマ牧場のＣＭソングが一時期流行《はや》ったはずだ。

「登別は、クマ牧場とかですか？」

「有名よね、クマ牧場。行きたいなら連れていくけど」

シロさんの言葉に、首を横に振る。そこまでの興味はない。

「あとは、カレーラーメン、フライドチキンもおいしいわね、知る人ぞ知るって感じだけど」

「カレーラーメン……」

カレーが掛かった、ラーメンを想像してみる。カレーうどんがあるから、普通、普通かもしれないけど。カレーとラーメンって合うんだろうか。

醤油とか和風ベースの出汁で割った、カレー？

考えているうちに顔に出ていたらしく、こちらを見ていたシロさんはくすくすと笑う。すぐに前を向いて、優しく「おいしいよ」と念を押した。

シロさんがそういうなら……

「じゃあ、明日はカレーラーメンで……」

車の助手席で登別温泉を、想像する。昨日も温泉に入ったばっかりなのに、贅沢だろうか。

外を見つめていれば、薄暗かった外はますます濃い色に染まっている。いつのまにか、太陽が沈んで夜を連れてきていた。

第九章　水族館とカレーラーメン

朝日を浴びながら、ただまっすぐ伸びる道を車が走っていく。

海沿いの道は、朝日に輝いた海が見えてキレイだ。

「北海道はいいですね」

しみじみ呟けば、シロさんは「私は好きだけどね」とだけ口にする。私も、好きだ。それだけは、明確に言葉にできる。やりたいことはわからなくても、北海道にはまた来たいと思うくらいには好きになった。

お城のような建物と、観覧車が目に入った。車はどんどんお城に、吸い込まれるように進んでいく。遊園地だろうか……？

行くとは言っていなかったけど。遊園地はどれくらい来ていないか、わからない。

久しぶりの遊園地に胸が、高鳴る。

シロさんは、広い駐車場に車を止めて私の方を向いた。

「水族館だけど、寄ってく？」

「ここまできて、寄らない選択肢ありますか、……って水族館？」

「そう、水族館」

てっきり遊園地だと、思い込んでいた。

だって、お城みたいな建物と、コーヒーカップや、観覧車まである。

「遊園地だと思った？　そっちは、今やってないのよね、冬だから」

本州の感覚で考えていたけど、それもそうか。北海道の大地にはまだ、雪が降り積もっている。

「で、どうする？」

「行きます！」

大きく頷いて、車から出れば、冷たい風が頬を撫でていく。ぶるっと体を震わせてから、シロさんと並んで水族館に向かう。

お城みたいな建物だけじゃなく、お土産屋さん、飲食店、イルカのプールなど、たくさんの建物に、分かれているらしい。

近づけば、大きいお城に圧倒される。想像していた水族館よりも、かなりおしゃれだ。

「何から見る？」

シロさんの手にあるパンフレットを覗き込めば、アザラシプールや音と光のイワシショーという文字も目に入る。写っている写真はどれも、キレイで悩んでしまう。

「あ、ちょうど、イルカのショー見れるみたいよ」

シロさんはイルカのプールの方を指さす。イルカのショーも、見た記憶はない。小さい頃にもしかしたら、水族館には行ったことがあるかもしれないけど。

私が物心ついてからは、なかった。それだけ、お母さんもお父さんも忙しかったんだろう。わかっていても、幼少期の思い出がないことが悲しい。

シロさんは私の手を取って「ほらいくよ！」と、小走りに進み出す。シロクマと水族館。あまりの親和性の高さに、悲しみは吹き飛んでいた。

シロさんを追いかけながら進めば、カメの甲羅の遊具？　写真スポット？　が目に入る。イルカを見終わったら、絶対に撮ろうと思いながら、イルカのプールに足を踏み入れた。

お客さんが、まばらにベンチに腰掛けて、イルカを待ち侘びている。シロさんと一緒に、前から三列目に座れば、ちょうどショーが開始した。

「シロさんはイルカ見たことあります？」

「見たことはあるわよ、もちろん」

私も見たことはある。画像とか動画では、だけど。

イルカはトレーナーの指示に従って、ぴょーんっと飛び跳ねながら優雅に泳ぐ。

おおおーと観客は、嬉しそうな声を重ねる。自由そうなイルカの姿に、心が惹かれた。

「楽しそうですね」

つい出た言葉に、シロさんは冷たいリアリストな発言をする。

「エサ貰うために、やってんのよ」

シロさんが言うと、まるでそれが全てに聞こえてしまう。シロクマだから、もあるかもしれない。それでも、イルカは飛び跳ねたり、ボールをヒレで叩いたり、楽しそうに泳いでいるように見えた。

「でも、まぁ、トレーナーのお姉さんとの絆があるからできるのよね、あぁいうことも」

絆は、確かにあるのかもしれない。だから、信じてイルカは跳んでいる。それに、お姉さんも、イルカを信じて、指示を出しているんだろう。

私も、両親を信じられていれば、大学受験の失敗や家出はしていなかったかもしれない。自分に置き換えて考えて、気持ちが下がる。

「信じられるようになればいいでしょ」

私の心の中を読んだように、シロさんはイルカを見つめたまま口にする。ポカーンっと口を開けて、見つめている様は、子どもみたいだ。

「信じ合えるって、羨ましいですね」

「あら、私と恵だってそうでしょ。じゃなきゃ、赤の他人と観光なんてしないわよ」

あっけらかんと言うから、胸がじんわりと熱くなる。シロさんのことは、確かに信頼している。こんなに信じている大人は、初めてだった。家族以外では。

お姉ちゃんも、おじいちゃんおばあちゃんも、私は信じている。だから、家出をして真っ先にお姉ちゃんに会いに来た。連絡が来なくて、悲しくなるのも、信じているからこそ。

お姉ちゃんだけが、私にとっての指針になっていた。そのことを自覚して、恥ずかしくなってしまう。私とお姉ちゃんは違う人なのに、ね。

今、お姉ちゃんに会えたら私、何を話すだろうか。ここまで来た理由？　でも、私はお姉ちゃんとは違うと気づいてしまったから。お姉ちゃんに何かを言われても、それがしっくりくるとは限らない気がした。

一人でぐるぐる悩んでいれば、イルカが跳ね上げた水飛沫《しぶき》が頬に当たる。冷たくて顔を顰《しか》めてしまったけど、初めての体験に、ふふふっと笑い声が漏れてしまった。

「それに、まだ信じてるんでしょ。恵は」

「え？」

「両親のこと。だから、怒ったり、悲しんだり、連絡が憂鬱になったりするのよ」

「シロさんはもう諦めてるってことですか？」

「そうね、だからもうどんな感情も湧かない」

淡々とシロさんが呟くから、心が痛い。私は確かに、親にまだ期待している。心配してほしい。甘やかしてほしい。許してほしい。

でも、シロさんは、諦めていて辛くないの？

その問いも、シロさんは敏感に感じ取ったようだった。

「期待するだけ疲れちゃったの。だから、諦めて良かったと思ってるわよ」

「本当に？」

「本当よ。一人暮らしも楽しいし、名前を呼んでくれる人もいる。それに、恵も私のことを名前で呼ぶでしょ？　お姉ちゃんって肩書だけで呼ぶ家族より、家族らしいわ」

本当に、聞きたい言葉は、上手く口から出ない。

イルカのショーが、終盤を迎えて大技を連発する。どんどんと上がっていくボール、連続ジャンプ。目が離せなくなって、良かった。私はまだ上手い言葉を、シロさんに渡せない。

ショーが終わって、お城の中に入る。お城の中は、クラゲや魚などがたくさん展示されていた。

「水族館、本当に、こんな感じなんですね」

薄暗い館内で、魚たちは照明に照らされてキレイに泳いでいた。目移りしながら、歩いていけば、シロさんもはしゃいだように短いしっぽをプリプリと揺らしている。

「私もあんまり来たことなかったから、楽しいわね」

次から次へと見ているうちに、あっという間に一周してしまったらしい。一階の出口に辿り着いて、通り過ぎた亀の写真スポットを思い出した。

「シロさん！　写真撮りましょう！」

「写真？」

「亀の甲羅があったんですよ！」

シロさんの手をグイグイと引っ張って、イルカのプール近くに連れていく。写真を撮ろうなんて、来たばかりの私は思いもしなかった。

亀の甲羅の前で、スマホを取り出して、シロさんに預ける。亀の甲羅にモゾモゾと入り込めば、顔がスポーンっと出た。

「撮ってください！」

「ぷっ、あはは」

シロさんが肩を震わせながら、スマホを構える。私の格好が滑稽だったのかもしれない。それでも、必死に頭を出したまま、笑顔を作った。

通りがかりの観光客らしき人が、シロさんに声をかけている。亀の甲羅から抜け出そうとして、モゾモゾと動いていれば、シロさんにストップを掛けられる。

「恵、そのまま入ってて！」

「え？」

「いいから！」

シロさんは観光客に自分のスマホを渡して、私の横の甲羅にモゾモゾと入り込んだ。

「はいちーず」

合図とともに、パシャッという音が聞こえる。隣でシロさんは、大声をあげて笑いながら、ピースをしていた。

シロさんはすぽんっと甲羅から抜け出して、スマホを受け取りに行く。私は肩がつっかえて、なかなか抜けなかったけど。

観光客にお礼を言い終わったシロさんは、甲羅の横に戻ってきて「まだ出れないの？」と笑いながら私を見下ろして、スマホを返してくれた。

それからシロさんのスマホを目の前に突きつけられる。見れば、二人して動けなくなったカメみたいだ。甲羅から顔だけ出して、楽しそうに笑い合っている。本当の仲良しみたいな笑顔で。

「あとで送ってあげるわ。こんな楽しい写真久しぶりに撮った」

くすくすと変わらず頬を緩めるシロさんに、体がほかほかとあったかくなる。

「恵といると、飽きないわね、ほんと！」

私は、シロさんに少しでも楽しみを提供できているのかも。シロさんの悩みを解決してあげられるわけではないけど……


あらかた見終わる頃には、夕暮れが近づいていた。空が薄紫色を混ぜ始めて、吹き付ける風がますます冷えてきている。

二人して小走りで、車に乗り込む。

「そろそろ温泉の方行きましょうか」

「はーい！」

シロさんの言葉を合図に、シートベルトを締める。車はゆっくりと、駐車場を後にする。

しばらく、丘を目指して走ったかと思えば、鬼の大きいモニュメントが見えてきた。その間を、通り抜けて坂道を上っていく。

「おっきい赤鬼でしたよ」

「んだねー」

「あ、興味なさそう」

「何回も見てるから」

「ふーん」

そっけないシロさんを放っておいて、窓の外の景色を眺める。うっすらと積もった雪は相変わらずだ。それに、木々ばかりが目に入るのに、北海道はいいなぁとまた言いたくなった。

ひたすらに山道を進んでいって、木々にも飽きてきた頃。シロさんがほらっと窓の外を指さした。所々から上がる白い煙と、立ち並ぶ温泉宿。近くのコンビニが目に入って、シロさんが駐車場に車を停める。

「お買い物してくる、恵は？」

「大丈夫です」

「散歩でもしてこの辺を見てくれば？」

温泉街というものを歩いたことがない。シロさんの提案に頷いて、車を降りる。

コートがあっても、まだまだ顔に吹き付ける風は冷たい。

「じゃあまた後で」

「はーい」

シロさんを見送ってから適当に歩く。鬼の金棒のモニュメントが置いてあったり、古めかしい暖簾《のれん》を出したおそばやさんがあったり。お土産屋さんを外から見てみれば、温泉まんじゅうや鬼の形をした置物が売られている。

古いドラマに出てくるような雰囲気だ。まるで私も、ドラマに入り込んだみたいに溶け込んでいく。道の端では、湯気が立ち込めて、硫黄《いおう》の強い匂いが鼻についた。

肌寒いのに、湯気に包まれれば温泉に入っているみたいな気分になってくる。新鮮な気持ちで歩いていれば、猫がとてとてと足元に近づいてきた。

しゃがみ込んで撫でてやれば、んにゃーと気持ちよさそうに鳴く。

「人懐っこいですね！」

シロさんが居るつもりで、振り返って話しかければ、誰もいない。一人でお散歩中だったことに気づいて、恥ずかしくなった。北海道の寒い風のおかげで顔が真っ赤だから、恥ずかしさのせいで染まったのには気づかれないけど。

ひとしきり猫を撫でてから、スマホを開いてみる。お姉ちゃんからのメッセージは相変わらず、来てない。お姉ちゃんはどこらへんに居るんだろう。

お母さんからの心配メッセージは鬱陶《うっとう》しいくらい入っているけど。仕方ないか、電話すらしてないもんね。

はぁっとため息を吐き切ってから電話をかける。

すると、トゥルルっという音一回で、すぐお母さんは電話に出た。

――仕事中のはずなのに。

『もしもし、恵？』

「もしもし」

『帰ってくるの？　いつ帰ってくるの？　ゆっくり話しましょ、家族なんだから』

「家族なんだから何言ってもいいと思ってる？」

心に中指を立てながら言葉を選ばずに言ってみた。きっとすぐにお母さんのヒステリックな声が聞こえてくるだろう。

……でも、私の予想とは裏腹に、お母さんはただ黙り込んでいる。いつもだったら親になんてことをとか、いつだってわがままでみたいな言葉が返ってくるのに。

『もう何も言わないから帰ってきて』

静かなお母さんの言葉に、ぎゅっと胸が詰まる。心配してくれていた、ということだろうか。今更嬉しくなってしまうのは、私がまだまだ子供だから。心配されることが、嬉しいと言ったら恥ずかしいかな。

それでも、静かなお母さんの言葉を承諾はできなかった。だって、お姉ちゃんにも会えていない。もうお姉ちゃんに会うことだけが、理由じゃなくなっているけど。

好きなものも、シロさんがどれがいい？　と選択肢を出してくれるから選べるだけ。やりたいことも、自分で考えて決めることも、出来ていない。

私は息を吸い込んで、もう少し言葉を続けた。

「あのね、もう少しだけ北海道にいる」

私の言葉をお母さんは否定もせず、小さく頷いたような声を出した。

『そう』

「帰る時はちゃんと連絡するよ」

『絶対よ！』

「うん、ごめんなさい、急に家を出て」

てん、てん、てん。少しの沈黙の後、本当に小さい声でお母さんも『ごめんなさい』と言ってくれた。それだけで全て丸く収まるとは思わないけど、私は許す。

そして、きっと、答えを見つけたら家に帰ることになるだろう。

シロさんが言っていた、思春期特有の親に愛されてない思い込みだったのかもしれない。それでも、全てを決めつけられることも、姉と比較されることも、私を見てくれないことも、辛かった。

「じゃあ、また連絡する」

『元気そうな声でとりあえずよかったわ』

「うん、またね」

ぷつっと通話を切ってからシロさんのところへ、今すぐ行って話したくなった。お母さんと普通に話せたよ、一言ごめんなさいって言ってくれたよ。

シロさんに話したら、シロさんは辛そうにしちゃうかな。わからないけど。

少しだけ軽い足取りで今来た道を戻れば、すぐにコンビニが目に入った。

けど……あの真っ黄色の車がない。どこを見ても、見当たらない。

どうしよう。

シロさんの連絡先は知らない、し。

心臓が変な音を立て始める。呼吸が乱れ、息が苦しくなってきた。

カバンのお揃いのシロクマキーホルダーを見つめて、深呼吸をする。シロクマ見ませんでしたか？　と聞けば、見た人はすぐわかると思う。でも、一つの疑問が私の心に再び影を落とす。

シロさんがシロクマに見えているのは、私だけだったらどうしよう。

そんな気はしていたのに。誰にも、確かめもしないままここまで来てしまった。お姉ちゃんからの返事は、相変わらず来ないし。

歩き回るのも得策じゃない。私はこの街を知らない。せめて予約したホテルがどこか聞いておけばよかった。そこで待っていれば、シロさんと会えたはず。

コンビニにとりあえず入って、あたたかいお茶を購入して冷たくなってしまった手を温めた。

コンビニの駐車場にもう一度出て、近くに黄色がないか確認する。やっぱり、ない。サァアっと引いていく血の気を、誤魔化すように手を擦り合わせる。

そこで急に悠木さんのことが思い浮かんで、メッセージを開いた。

電話番号も、メッセージで送ってくれていた。

トゥルルル、トゥルルルとコール音が続く。知らない街で一人置き去りにされることを想定してなかった。不安と、恐怖が頭を締め付けて、真っ白になっていく。

ふぅっと無理やり深呼吸をして、彼が電話に出るのを待つ。

幸か不幸か、彼はすぐに電話に出てくれた。

『もしもし？』

「あ、悠木さん、シロさんってわかりますか！」

『へ？　はい？』

「あの、一緒に登別に来てて、シロさんは、えっと本名はわからないんですけど、シロさんって呼んでて」

『登別にいんの？』

シロさんの本名も、素性もわからない。大学近くに住んでいて、悠木さんのことを知っていることだけは、確かだけど。

「はい……」

『どこ？』

「コンビニです、登別温泉の」

『目の前にお好み焼き屋さんがある？』

顔を上げてみれば、民家のように見えるけどお好み焼きという看板が出てる。電話越しでは伝わらないのに、こくこくと大きく頷く。

「ありますあります」

『三十分……あー、わかった。コンビニ入って立ち読みでもしてて』

「三十分？」

『今からいくから』

「え、いや、あのシロさんの……」

『連絡もしておくけど、あんまスマホ見ないから連絡返ってくるかわかんねーし、とりあえず行くからそこから動くなよ！』

札幌から登別まで三十分で来られるんだろうか？　体感でも確実にもっと掛かっていた気がするけど……

そう思いつつも、今頼れるのはもはや悠木さんしかいない。言われた通りにコンビニに入り直して、本棚の前に立つ。立ち読みでもしてて、とは言われたけど心が落ち着かない。

そわそわと窓から外を見ながら、雑誌を流し見する。シロさんがこのコンビニに帰ってきてくれることを祈るしか、今の私にはできない。

ぼーっとしているうちに、見慣れた顔が窓から飛び込んできて、私は慌ててコンビニを出た。

「おーよかったよかった、いたいた」

「本当に来たんですね」

「登別でよかったよ」

「はい？」

「俺の実家登別、って言ってもほぼ室蘭《むろらん》なんだけど。帰ってたんだよね、ちょうど」

三十分と言っていたのは、札幌からじゃなかったからなのか。

安心で強張っていた体の力が抜ける。

すると、そんな私を見て、悠木さんはちょっと苦笑しつつ私を手招いた。

「その、シロさん、と連絡ついたから、とりあえず、飯食べよっか、朝から食ってないんでしょ？」

「食べてないですけど、シロさんどこにいるんですか」

「先にチェックインしてたんだって」

「私と連絡先交換してないことも忘れて？」

「そうそう、謝ってたから許してあげてな」

悠木さんは私の頭を撫でようと手を伸ばして、ひゅっと引っ込めた。

「こういうのやめろって怒られてるの忘れてた。悪い悪い、俺の車で悪いけど乗って」

黒いゴツい車を指さして、悠木さんは助手席のドアを開けてくれる。

「寒くない？　大丈夫？」

可愛い柄のブランケットを取り出して、私の膝に乗せてからドアを閉めた。こういうところが、ほんっとにチャラそうなんだけど！　今は、ありがたい。

車の中は、甘い香りがして、キョロキョロとしてしまう。目の前のポケットには、たくさんのＣＤが積まれていた。今時見ないのにと、見つめてしまう。

「恥ずかしいからあんま見ないで」

恥ずかしそうに悠木さんが呟くから、視線を窓の外に移す。薄暗くなり始めた空には、微かな月が見える。いつのまにか、日が沈みきっていたらしい。

シロさんもお姉ちゃんも好きになる理由が、なんとなーくわかった気がする。うん、優しいし、チャラいけど。

それにしても悠木さんに連絡しようとすぐに気づけた、判断力はなかなかだったと自分自身のことを褒めてあげたい。

自分自身で何かを考えて、選べた。その事実が胸の中をぽかぽかとさせる。シロさんも、お姉ちゃんも居なくても、私は、考えられた。やりたいこと、とはちょっと違うけど。

暖かい車内に座ったからか、焦っていた気持ちが少しだけ落ち着く。

「それにしてもよく俺に連絡したな、えらいえらい」

「バカにしてません？」

「いや、あぁいうとき、うろちょろ歩き回って迷子になるのが割とやりがちなパターンじゃん」

「そうなんですね……」

歩き回らなくてよかった！　コンビニで待ってれば戻ってくるかもと考えたのは大正解だった。

「シロさんも、先に向かってるみたいだから、ちょっと三十分くらい車走らせるよ」

「そんな遠いとこ行くんですか？」

「カレーラーメン食べたいって聞いたけど？　俺のおすすめだから、まじうまい」

車を走らせて、シロさんとせっかく来た道をグイグイ戻っていく。あの鬼のモニュメントも通り過ぎて、普通の街並みに入ってきた。

「フライドチキンも食べてほしかったんだけど」

「シロさんも言ってました」

「あ、やっぱ？　俺がオススメしたんだよね」

「ふぅーん？」

「何、関係疑ってんの？　友達だよ、友達。取ったりしないって」

疑いの目で見つめれば、ニカっと笑って片手でハンドルを押さえながら、空けた左手はブンブン振る。その仕草がなんだか怪しい。お姉ちゃんだか、シロさんだか、どちらにせよ、チャラいのはいただけない。

どちらにも幸せになってほしいし。でも……幸せにはしてくれそう。たった一回会っただけの、友人の妹未満のために迎えに来てくれるような人だし。

「到着するからな」

「はい」

カレーラーメンと書かれた暖簾《のれん》と、見覚えのある真っ黄色の車。車が停車した瞬間飛び出して車に近づけば、シロさんも同時に出てきた。

「ごめん、恵！」

ぎゅっと抱きしめられて、背中をヨシヨシと撫でられる。じわりと涙が出てきそうになった。本当はめちゃくちゃ怖くて、泣き出しそうで耐えていた。

だって、シロさん私のこと嫌になって置いて帰っちゃったのかなとか、何かあったのかなとか。色々悪い考えばかり浮かんで、一人でどうしていいかもわからなかった。

「シロさん……！」

「怖かったよね、ごめんね、ホテル伝えてたつもりだったから、歩いてそのまま来るかなって、本当にごめんね」

「とりあえず入ろうぜ」

感動の再会をしている私たちの背中をトンッと押して、悠木さんは店に入っていく。

ガラガラと音を立てる引き戸は、昔ながらのラーメン屋さんという感じで、少しだけワクワクする。

私を離して、シロさんは改めて真っ黒でつぶらな瞳で私を見つめた。

「ごめんね恵、とりあえず食べよっか。お腹すいたでしょ」

「私もごめんなさい、シロさん」

二人でお店の中に入ればスパイシーな香りがふわりと漂っている。テーブルに勝手に座っている悠木さんの元まで行けば、悠木さんとシロさんは何か目配せをして、微笑んだ。

「おすすめはチャーシューラーメン、食べれるならだけど。ライスは絶対、本当に、頼んで、まじで」

「私はそれにするかな」

「恵ちゃんも、あ、好きなの全然選んでいいけどね！　おすすめはそれ」

この人も押し付けないんだ。

おすすめはしてくれるけど、好きなものを選びなよとメニューを見せてくれたことにちょっと驚く。

メニューはシンプルに、上のトッピングを追加するだけのもの。サイドメニューで餃子などもあったけど。お腹はぐぅうっとカレーの匂いに反応して鳴るぐらい空いている。

だから、おすすめのライスとチャーシューラーメンを指さす。私、お肉も結構好きみたいだし。

「これにします」

三人とも同じ注文で、悠木さんだけ大盛りにしていた。ラーメンを待っている間に、悠木さんとシロさんが同時に話し始める。

「悠木からいいよ」

「いやいや、シロさん、からどうぞ？」

「わざわざごめんね、私のせいで来て貰って」

「全然、それにほら、恵ちゃんから頼って貰えたらね、来ないわけに行かないから」

パチンっとウィンクをした気がする。ひょいっと避けるフリをして、目は店内を映していく。耳は、ばっちり二人の会話を聞いているけど。

「優しいね、悠木」

「本当気にするなよ、ここ食べに来ようと思ってたし」

「実家帰るたびに行くって言ってたもんね」

「よく覚えてんなぁ」

「悠木のことは覚えてるよ」

あははっと笑ってる声がよそよそしい。思ったよりもこの二人は、いい感じなのかも。私が迷子になったおかげで、ますます近づいたのかな。お姉ちゃん、ごめん、たまたまだからね！　と心の中で祈りながら、少しの悪態も混ぜる。

だって、返信なかなかくれないし？

この北海道旅行中親身になってくれたのはシロさんだから。私は、シロさんの方にすこーしだけ助力するよ。

「トイレに行きたいので、シロさん奥座ってくださいよ」

「へ？　言ってくれれば、よけるよ？」

「頻繁に行きたいので！」

シロさんをぐいっと奥の席に寄せれば、悠木さんの目の前になる。私はトイレに行くフリをして、二人をこっそりトイレの暖簾《のれん》の奥から眺めた。何か話している気はするけど、声はここまで届かない。それでも、いい雰囲気なのは確かだ。

厨房から店員さんがラーメンを運んで出てきたのを見て、手だけ洗ってから席に戻る。

「いいタイミングだったね、恵ちゃん。熱いうちが一番うまいから」

「はーい、いただきます」

最初ほど、悠木さんへの嫌悪感はない。むしろ、シロさんの恋が叶えばいいとまで思っている。もちろん、お姉ちゃんの恋も応援しているけど。

心の中で言い訳を並べながら、両手を合わせてカレーラーメンを啜る。想像よりドロっとした普通のカレーっぽいスープに、麺が絡まっていた。

スパイスの味が口の中で弾けて、麺と絡み合っておいしい。和風出汁、だろうか。ほのかに、カレーの中に出汁の味もする。おすすめだったチャーシューを口に運べば、ほろりと柔らかく崩れた。真っ黄色な沢庵も、ポリポリと良い食感をしている。

はふはふとゆっくり食べる私たちを置いて、悠木さんはずるずると勢いよく平らげていく。いつのまにか麺も全て食べ切ったのか、ご飯をラーメンの器にぽんっと入れた。

「これがうまいんだよ」

レンゲでうまく掬いながら、カレーライスにして食べている。このカレーとご飯が、合わないわけがない。

麺を食べ切って私も真似をすれば、出汁の味とご飯が絶妙にマッチしておいしい。一つだけ残していたチャーシューも一緒に口に運べば、全部がうまく混ざり合って幸せを運んできた。

二人が会話しやすいように黙りこむ。なのに、二人して、私にばかり話しかける。空気を読んでよと思いながら、顔を逸らす。気づいてないふりして、悠木さんは私に問いかけた。

「恵ちゃん、次はどこ行こうとしてんの？」

「決めてないけど、そろそろ帰ります」

シロさんとはぐれて、お母さんとゆっくり話した。全てを許すことはできないけど、今なら向き合えると思う。

それに、私はやっと自分一人で考えて、選ぶことができたから。やりたいことはまだ分からない。それでも、北海道が好きだということ。シロさんとまた旅をしたい気持ち。

悩んだ時に自分で考えられることがわかったから……もう、家出は終わりにする。

「えっ、帰るの？」

シロさんは、驚いた顔で私を見つめている。その瞳が、切なそうに見えるのは、私の期待、かな。私も、シロさんと離れるのは、寂しい。息が詰まりそうだ。

「帰りますよ、満足したので」

帰りたくなくなった。でも、帰る。

一人で、なんとかできるってわかって安堵した瞬間、帰る時が来たと思ったんだ。

シロさんと過ごした北海道の日々が、私一人でも大丈夫って、思わせてくれたから。少しだけ気恥ずかしくて言葉にはできないけど。

お母さんが素直にごめんと言ってくれたこともそうだけど……自信がついた。二人のおかげで。今なら、助けを求められるし、私はお姉ちゃんの二番煎じを選ぶことも、自分で考えて選ぶこともできるから。

まだ、不安な時は多分、二番煎じをしてしまうけど。それを選ぶ、と自分で決めるなら、それはそれでいいと思えた。

「そっか……」

「あ、でも」

「でも？」

「大学、決めたので、シロさんにまた会いに来ますね」

「え、この短期間で？」

「はい」

シロさんとの話の間に、悠木さんが割って入る。

「もしかして、俺らの……」

悠木さんは、ワクワクとした顔で私を見つめていた。違うけど。ううん、違うわけでもないけど。

わざとらしく目線を逸らして、食べ終わった丼を眺める。おいしいカレーラーメンだった。知らなかったから、最初は聞いてギョッと思ったけど、食べてみればすごくいい味。

「違いますよ」

否定の言葉を出せば、悠木さんはガクッと肩を落とす。そして、不貞腐れた顔で呟いた。

「なんだよ、違げーのかよ。期待しちゃったじゃん」

悠木さんは、シロさんに賛同を求めるように目線を投げかける。

シロさんや悠木さん、お姉ちゃんが大学で、何をやってるか知らないや。そこから、私の未来がもしかしたら開けるかもしれない。いずれ、聞いてみたいかも。

「もしかしたら、そうかもしれませんけど」

ふわふわとした答えを返してみれば、悠木さんはますます、眉を顰《ひそ》める。

でも、シロさんは私の言いたいことがわかったようで、大きく頷く。こんな決め方、親だったら否定するかもしれない。他の人が聞いたら、そんなことで、って言われるかもしれない。それでも、よかった。

私は、シロさんと悠木さん、お姉ちゃんがいる北海道に来たい。

自分で選べる、考えられるってことを教えてくれた、北海道で過ごしたいの。

「北海道の大学にしたのね」

シロさんが小さく口にすれば、悠木さんは頭にハテナを浮かべて私とシロさんを交互に見比べる。

「そうです！　こんな決め方って言われるかもしれませんけど」

「それで、いいんじゃない？　大学にいるうちにやりたいこと、好きなことが見つかる可能性だってあるし」

シロさんなら絶対そう言ってくれると思った。だから、私は告げたんだもん。シロさんに、絶対的信用を置きすぎかもしれない。まだ、知り合ったばかりなのにね。

それでも、この数日間の密度が濃すぎて、知り合ったばかりに思えない。シロさんは、私の中で大きな指標になってる。

「楽しみにしてるよ」

「また会える日を、ですね」

シロさんが手にカレーのシミをつけたまま、私に差し伸べる。ぎゅっと握りしめたもふもふの手は、あったかかった。だから、ちょっとだけ、涙が浮かぶ。

「俺は？　俺だけ、置いてけぼりじゃねーかよ！」

「悠木さんは、まぁ、シロさんのついでなら……」

むくれた顔をしてから、悠木さんはすぐにおどけた笑顔を見せた。そして、私の頭を撫でようと手を伸ばしてくる。ピシッと手をはたき落としたのは、シロさんで。

「だから、それやめなさいって」

「へいへーい」

不貞腐れた顔で、悠木さんは手を引っ込める。それでも、シロさんを見る目が少し嬉しそうに輝いていた。

やめなさいっていつも言う人は、シロさんだったのかと思いながら二人のやり取りを見つめる。付き合うのも、きっとすぐだろう。私がまた、シロさんに会いにきたら、悠木さんも隣にいる気がする。

その時には、私にも新しい彼氏がいて、その人はちゃんと、好きになれた人ならいいな。

二人のやりとりを見ながら、心の底から願った。

三人で店を出れば、空から粉雪がちらついている。もう春も間近だと言うのに……

でも、雪は私の新しい選択を祝福するように、チラチラと煌《きら》めいていた。

シロさんのレンタカーに戻り、助手席を開けてから悠木さんにお礼を言い忘れたことを思い出す。車に乗ろうとしているかと思えば、すぐ後ろにいてぶつかる。そして、ガラナの缶を手に押し付けられた。

「炭酸大丈夫だったら、んまいから」

「え、あ、はい」

「まぁ、妹みたいなもんだと思ってるからさ、困ったらいつでも頼ってくれていいよ」

その一言に、嫌な気持ちは一ミリも湧かない。素直に頷いて、ガラナを握りしめる。

悠木さんは、再び私の頭を撫でようとしてから「また怒られるわ！」と手を引っ込めた。

「ありがとう、ございます」

バイバイっと片手を振ってから車に乗り込む悠木さんを見送っていると、じゃあ！と片手をあげて、車を発進させていった。私のために駆けつけてくれたことへのお礼は、言いそびれちゃったな。

お返しは、また次回しよう。貰いっ放しのままは、嫌だから。

去っていく車に手を振る。シロさんが「さ、温泉行こうか」と口にした。助手席に乗れば、シロさんは暖房を付けておいてくれたらしい。ガンガンに暑い車内で、コートを脱ぎ去った。

「登別の温泉は、硫黄《いおう》の匂いがして、効くって感じがすごいよー！」

シロさんがそんなことを言いながら、車を発進させる。ゆっくりと暗闇の中を照らしつつ、車は進んでいく。暗いせいか、周りの街並みは来た時と全く違うように見えた。

動物注意の看板には、クマがしっかりと描かれている。シロさんみたいなクマだったら、大歓迎なんだけどな。

二十分ほど進んだだろうか。薄暗い中に、温泉街が浮かび上がってきた。

「今日泊まるのは、有名なとこ」

シロさんが指さした先には、由緒正しそうな温泉宿。他のホテルと比べても、大きく見えた。大学よりも大きくて、見上げれば首が痛くなりそう。

二人で車を降りて、フロントへと向かう。寒さが身に沁みたけど、もう体は震えなかった。

案内された部屋に荷物を置いてから、二人で浴衣に着替える。そして、そのまま浴場へと向かった。シロさんと、自然と手を繋ぎながら。

浴場に入れば、人はまばらだ。時間帯的にも、バイキングを食べている人たちが多いのかもしれない。硫黄《いおう》の匂いが、ぷーんっと鼻に突き刺さった。

湯気が立ち込める浴場の中で、十何個もの浴槽に目移りする。ぐるっと一周見回していれば、シロさんはそのまま露天風呂に私を引っ張っていく。

露天風呂に出ると、ひんやりとした空気が体を包み込んだ。まずは、あったまりたい！　そう思った瞬間、滑り台が目に入ってくる。

すべり、だい……？

温泉に……？

驚いていれば、シロさんはムフッと笑う。

「滑り台あるのよ、滑りましょう」

「いやいやいやいやいやいや」

拒否する私に、有無を言わさず、シロさんはぐいぐいと階段を上っていく。この歳になって素っ裸で、滑り台をすると思ってもいなかったのに。私の手を離して、シュルルルと滑っていくシロさんを見つめて立ち止まる。

裸で？

滑り台？

お風呂に入りにきたのに？

ためらっているうちに、体が冷えてきた。意を決して滑れば、思いの外スピードが出て怖い。温泉にたどり着く瞬間、目を閉じれば、バシャンと顔にお湯がかかった。目を開ければ、腰あたりは温泉に浸かっている。温かさに目を細めて、しばらく、お湯に体を揺られる。

シロさんは「あははは！」と笑いながら、また階段を上っていく。追いかけて、私も何度も滑る。露天風呂に誰もいないことだけが、救いだった。

何回滑ったかもうわからなくなった頃、ようやく、ゆっくりと温泉に浸かる。冷たい空気に冷やされた体が、急激にあったまっていく。

「そろそろ出ましょうか」

ぼんやりとしていた私の手を引いて、シロさんが戻ろうと提案する。激しい寒暖差に、頭がふわふわしている。

ぼんやりとしながらも部屋に戻れば、シロさんが私の頭を優しく撫でる。

「のぼせたの？」

「はしゃぎすぎました」

素直に答えれば、シロさんはムフッと口を綻《ほころ》ばせた。

「そうね、はしゃぎすぎよ恵」

敷いて貰った布団に寝っ転がりながら、天井を見つめる。温泉の良さもなかなかにわかってきた気がする。体はポカポカだし、心も溶かされた。

「シロさん」

「なに？」

シロさんの方も見ずに、呼びかける。

「明日、帰ります」

そろそろ帰るとは、伝えていたけど。明日には帰ろう。このままずるずると居たら、居心地の良さにきっと、帰りたくないって思ってしまうから。

「急ね、でもそんな気がしてた。お姉ちゃんはいいの？」

シロさんにお姉ちゃんのことを聞かれて、少しだけ胸がドクンッと脈打つ。良くはない。でも、お姉ちゃんに会えなくても、私はもう大丈夫だ。

「忙しそうなんで」

お姉ちゃんに会いたかった気持ちは、まだある。でも、いつだって連絡が取れるし、会わなくたって私たちは話せる。だから、会わないで、帰る。また、お姉ちゃんに会いに北海道にも来るし。

それに、私の世界には、お姉ちゃんだけじゃないってわかったから。お姉ちゃんに助けを求めなくても、私は、私の人生を歩ける。一人ぼっちじゃなくて、また誰かと出会って、色々学ぶ。そんな予感が、お姉ちゃんに会わなくても大丈夫って、背中を押してくれている気がした。

「次はちゃんと前もって連絡してから、北海道にきます」

「それがいいわね」

「シロさんも、ありがとうございました」

シロさんの方にごろんと横向けば、シロさんもこちらにごろんっと寝返りを打つ。目があって二人でしばらく、ふふっと微笑み合う。

「両親に、帰る連絡はしたの？」

「もうしました。それに、飛行機もさっき取ったので」

「そう……」

お母さんには、明日のこの便で帰ると伝えた。メッセージで「迎えにいくから」という一言だけ返ってきていた。

「恵との、数日楽しかったわ」

「それならよかったです」

「お姉ちゃんでいるのが、なんだかんだ、私にとって自然なんだなってわかった」

シロさんの言葉に、つい頬が緩む。私を妹みたいに思ってくれている事実が、体中を温めてくれる。

「世話焼きですよね、シロさん」

「自分で思ったよりもね」

「私は助かりましたけど」

シロさんの様子を確認してから、私ももう一度天井を見上げた。顔を見ない方が、言葉が出てくるのは不思議な感覚だ。

「シロさんのことすごい好きです」

「ありがと」

「生意気ですいませんでした」

「私には、居心地がよかったわよ」

「可愛いってことですね」

「そういうとこよ」

二人で笑い合ってから、布団を持ち上げて中で縮《ちぢ》こまる。帰ると決めたのは自分だけど、シロさんと一緒に居るのがあまりにも楽しすぎて、まだ一緒に居たい。

「お姉ちゃんに会ったら、よろしくお伝えください」

「伝えておくわ」

「シロさんまた、会ってくださいね」

「当たり前よ」

パッと起き上がって、シロさんを揺する。シロさんは迷惑そうに笑って「なによ」と言葉にした。

「布団くっつけていいですか?」

自分が思ったよりも寂しがりやなことが、今回の旅でわかった。シロさんがお姉ちゃんみたいで、甘えやすすぎるせいもある。

「いいよ」

シロさんと二人で、敷布団を引っ張ってくっつける。手を繋いで、天井を見上げ直す。そして、目を閉じた。

「おやすみなさい」

「急ね、あんた！」

「寂しいですか？」

「寂しいわよ」

嬉しさと、寂しさで、何も言えなくて、黙り込む。部屋には、沈黙だけがゆっくりと流れていった。そして、不意に、すぅっと小さい寝息が聞こえる。

シロさんも疲れていたのかも。ぐっすり、寝入っているみたいだった。

最終章　またね、北海道

温泉宿を出て、太陽の眩しさに目を細めた。昨日の粉雪は、跡形もなく消え去っている。

「じゃあ、空港に向かおっか」

シロさんに提案されて頷いて、車に乗り込む。昨日来た道を反対方向に進みながら、シロさんと他愛もない話をする。悠木さんのこと、おいしい北海道のごはんのこと。二人とももう、家族の話はしなかった。

窓から見える茶色にはげた木々に目を凝らす。小さい蕾を付けている木に、気づいた。

春は、もうそこまで迫っているんだ。

空港が近づくにつれて、道路を走る車が増えていく。

「千歳も観光すればよかったわね」

「千歳は空港以外にどんなものがあるんですか？」

千歳のイメージは、空港しかなかった。というか、そもそも、新千歳空港は札幌にあると思っていた。

「支笏湖《しこつこ》とか、バーベキュー場、あと、ベジポタラーメンっていう美味しいラーメンがあるのよ、食べさせたかったなぁ」

ラーメンと聞いて、北海道で食べたラーメンを思い出す。

札幌のラーメン。

カレーラーメン。

少ない日数だったのに、私は二回もラーメンを食べた。口の中で、よだれが出そうになる。

「次は、じゃあ一緒に食べましょうね」

「そうね、もっと真冬だったら、支笏湖の氷濤祭《ひょうとうまつ》りもあるのよ」

「ひょうとう?」

「凍らせた雪の中にイルミネーションが入っててキレイよ」

想像してみて、心がワクワクした。絶対に観に来よう、とスマホのメモに入力する。

「絶対行きます」

「約束ね」

そんな話をしているうちに、新千歳空港に到着していた。

外の駐車場に車を停めて、二人で空港内に入る。エスカレーターを上れば、広い通路に出る。通路には、クマやシカのもふもふのぬいぐるみが展示されていた。シロさんが並んだら、本物と間違われそう。

シロさんに手を引かれながら、通路を進む。少しずつ、いい匂いがし始めた。所狭しと並んだお土産屋さんが、カラフルなお菓子を売っているのが目に入る。

お店の数も多いし、広いし、空港だけで一日を過ごせそうだ。それでも、ここで遊んでいたら帰ると決めた気持ちが揺らぎそう。

シロさんに連れていって貰って、素早くチェックインを済ませる。発券したチケットを握りしめて、保安検査口前のベンチでシロさんとお別れを交わす。

「気をつけて帰ってくださいね」

「私のセリフよ！」

「本当に、ありがとうございました」

そうして、繋いでいた手を離そうとした瞬間、聞き覚えのある声が私を後ろから呼んだ。

振り返れば、人混みの中からお母さんがこちらに走ってくる。

「――迎えに来るって、北海道まで来るってことだった、の？」

驚いて口にすれば、隣のシロさんが呆れたような声を出した。

「すごいわね、お母さん」

「まだ会う心の準備は、できてないんですけど！」

「大丈夫、大丈夫」

シロさんが私の手を強く握り直して、隣に立ってくれる。深呼吸をして、お母さんと向き合う。

電話ではあんなにすんなり言葉が出てきたのに。いざ顔を合わせると、やっぱり怖い気持ちが湧き上がってしまうものだ。

シロさんに気づいたお母さんが、ぽかんっとした顔をする。

「えっ、シロ、クマ……？」

お母さんの声に、つい「ふはっ」と笑い声を出してしまった。

こんな顔もするんだ、お母さんって。

「シロクマに見えるんだ、やっぱり」

そして、旅の最中にずっと不安だったことが解消されて、気持ちがすっきりとする。

私だけじゃなかった。シロクマに見えてるの。

「人間に見えてたの？」

お母さんは、何を言っているのといった顔で私に目をやる。

「いや、シロクマに見えてたけど、私だけかと思ってた」

素直に答えれば、不思議そうな顔で首を傾げる。思い出したように、シロさんの方を手で指し示す。

「ずっと一緒に居てくれたシロさん、お姉ちゃんと同じ大学の人」

「あら、そうだ、ったの。えっと、娘がお世話になりました」

お母さんが綺麗なお辞儀をして、背筋を正す。取り繕った表情は、いつものお母さんの顔だ。

「いえいえこちらこそ、恵ちゃんにはお世話になりました」

「恵、帰るわよ」

紹介もそこそこに、お母さんは話を切り上げようとする。そして、私の手を無理矢理引っ張る。シロさんと繋いでいた手が離れていく。お母さんに引っ張られたからというより、離されたような。そして、後ろで何かが壊れて落ちた音がした。

パッと振り返れば、シロさんがいない。走り去る女の人の後ろ姿だけ目に映った。

えっ……？

お母さんは、気にもせず、ぐいぐいと、私を引っ張って進む。ちょっとだけ、ムッとしてお母さんの手を離した。

「まだ、シロさんとお別れしてる途中だったの。いつもそうやって、勝手に決めないで」

いつも嫌だと思っていた気持ちをすんなり口にできた。お母さんは目を丸くしているけど、「ごめんね」と謝ってくれた。そして、黙ったまま、私の方を見つめる。

私は、お母さんに背を向けて、シロさんが消えた方向を指した。

「シロさん、捜してくる！　まだ、搭乗まで時間もあるし。お母さん、ごめん、待ってて！」

「……わかった」

渋々とお母さんは頷く。

頷かなくても、追いかけるつもりだったけど。このまま、お別れなんてできない。

こぼれ落ちている薄紫色のビーズを拾い集めてから、シロさんを捜すために、空港内を歩き回る。

キョロキョロと見回しながら、歩いてもそれらしい人はいない。二階に上がってみれば、ロビーにはたくさんの人が座っている。

スマホを取り出して、試しに通話を掛けてみる。着信音は聞こえない。それでも、目に付いたのは、見慣れた顔だったからか。会いたいと思っていたから、幻を見たのかとも思ったけど。

――お姉ちゃんがロビーのイスに座って、ブレスレットを直していた。

シロさんと同じ、アメジストの色をした、私の憧れたお守りのブレスレット。

やっぱりとも、どうして、とも思った。

「お姉ちゃん」

私が呼ぶと、お姉ちゃんは肩をぴくりと揺らして顔を上げる。久しぶりに見た、お姉ちゃんの顔に涙が出てきた。頭の中で線が繋がって、息が詰まる。

お姉ちゃんは、もう家族を捨てて生きたいと思ってたんだ。

「お姉ちゃん、だったんだね」

シロさんと同じコートを纏って、壊れたビーズを両手で繋ぎ合わせている。それが、答えだった。

「恵」

お姉ちゃんが、私の名前を呼ぶ。いつもの声で、シロさんのように優しく。

「お姉ちゃんは、家族、全部もういらないの？」

「恵がいなかったら、もうとっくに全部捨てられてたのにね。恵だけが、恵がいるから、捨てきれなかったのよ」

瞳に浮かべた涙を見て、私の方が泣きたくなった。お姉ちゃんは、シロさんとして、生きていくつもりだったんだろうか。それでも、私を見たら、心配になっちゃったってこと？

「恵がいなかったら、私は、ただのシロさんでよかったのよ」

「電話にも出てくれなかったのは、シロさんだってバレたくなかったから？」

「だって、お姉ちゃん今シロクマなのって言って、素直に受け入れられる？　シロさんが私だってわかってたら、素直に話せた？」

お姉ちゃんの言葉が、ズーンとお腹にのしかかる。お姉ちゃんだって、最初からわかってたら……私は多分、変わらずに甘えるだけ甘えて、自分で決断もできないままだったと思う。

それでも、薄々気づいていたよ。だって、あまりにも、優しすぎたから。

「このビーズに何かあるってこと？」

だって、触れたシロさんは、本物みたいにふわふわだった。本当のシロクマが、そこにいるみたいな。拾い集めたビーズを、お姉ちゃんの手に返す。

「このブレスレットをつけてるときだけ、私はシロさんになれるのよ」

お姉ちゃんはシュルシュルとビーズを繋げて、カチンと腕にはめた。不思議なことに、それだけでお姉ちゃんはシロさんに戻っていく。

「陽代で、シロさん？」

「シロクマのシロでもあるわよ」

ふふっと軽く笑って、お姉ちゃんはシロクマに戻ってしまった。

「なんで。シロクマ？」

理由は、ないのかもしれない。それでも、シロクマなことが引っかかる。だって、他の動物でも良いわけでしょう？

「なんで、でしょうね」

お姉ちゃんは遠い目で、お店を眺める。どうしても、シロクマになることを選んだ理由がある気がしてしまう。だって、お姉ちゃんの声が、そう聞こえる。

「お姉ちゃんは、愛されたかったからシロクマになったの？」

答えなんて、一ミリもわかっていない。でも、シロクマのホワホワした毛が、記憶を撫でている。お姉ちゃんは私の言葉に、唇を小さく歪めた。

「そうかもね」

投げやりになった言葉。ふと思い出したのは、お姉ちゃんの部屋に飾られたシロクマのぬいぐるみ。私が小さい頃にねだって、「しょうがないなぁ」って私にくれたぬいぐるみ、だ。

今では白い毛は毛羽だって、色も白よりもクリーム色に染まってしまっていた。あの、シロクマ。

「シロクマに、思い出があるの？」

「そうかもね」

「ねぇ、ちゃんと答えてよ、お姉ちゃん」

「恵には、気づいてほしかったのかも」

ぽつり、と頬を伝う涙に、息を飲む。あのぬいぐるみは、お姉ちゃんがまだ、幸せな家族の一員だった証だったの？　それすらも、私にくれてた？　だから、シロクマなの？

「本当に、気づかれちゃったけど」

「お姉ちゃんは、本当に私のことが大好きだね」

ふざけて答えたのに、声は涙で震えていた。私はどれだけ、お姉ちゃんに大切にされていたんだろう。気付いたつもりで、全然、見ていなかった。

「だから、捨てきれなかったんだって」

それでも、やっぱり、お母さんと顔を合わせる気は、一ミリもないらしい。

「お母さんには、会いたくない？」

「そうね。今はまだ」

「そっか……」

お姉ちゃんに無理強いをするつもりはない。だって、私もまだ、お母さんとは、合わない気がしている。思っていることを口にできただけで、少しは心が軽いけど。

「お母さん、待ってるんでしょ」

「うん、あのさ、お姉ちゃん」

「なに？」

「いつもありがとう。私は、お姉ちゃんがいるから……こう、色んなものに向き合えるようになったし、楽しかったし、全部、お姉ちゃんのおかげだと思う」

お姉ちゃんは、シロクマのまま口元を緩める。そして、ふわふわの手で、私の頭をよしよしと撫でた。

「気をつけて帰りなさい。いつでも、会いにきて」

「うん、来年は、こっちの大学絶対受かって、また北海道来るから。お姉ちゃんに会いに」

こくんと、大きく頷く。お姉ちゃんが居る北海道に、また、私は会いに来る。

「楽しみにしてるわ」

「また、北海道旅行しようね」

「次は上の方かなぁ、函館とかもいいわね」

わざとらしく、宙を見つめてお姉ちゃんは空想している。私はまだ、お姉ちゃんの家族で、愛せる人なんだと実感して、目がますます潤んだ。

「食べたいもの、やりたいこと、決めてから会いに来るね」

繋いでいた手を離して、ぎゅっと抱きしめる。お姉ちゃんのモコモコの毛が頬に当たって、離れ難い。

お姉ちゃんとこのまま別れたくない。このまま、北海道でまだ旅をしていたい。もっと、ちゃんと、私はお姉ちゃんが大切だよって伝えたい。

それでも、帰ると決めたし、搭乗時間は迫ってきてる。


先に手を放したのは、お姉ちゃんだった。

「ほら、行きなさい」

「次は、お姉ちゃんに優しさも、愛もいっぱい、返すから」

「楽しみにしてるわ」

他の人にあげなさい、と言わないところも、やっぱり私はお姉ちゃんが好きだ。顔を見ずに後ろを向く。顔を見たら、情けないことに号泣してしまいそうだった。

お姉ちゃんは、やっぱり偉大だ。お姉ちゃんのおかげで、選ぶことを知れた。おいしいものを食べられた。人と向き合えるようになった。

お姉ちゃんに愛されていたことを知って、私は、こんなに心強い。そして、私も、お姉ちゃんのことが大好きだ。伝えきれているかは、まだわからないけど。

「またね、恵」

お姉ちゃんの声は、優しい。愛しいという気持ちがまるで、全身から溢れているような音だった。そんな声を背中に、キャリーケースを引きながら、搭乗ロビーに戻る。

お母さんを見つけて、近づけば、泣きそうな私に不思議そうな顔をした。お姉ちゃんのことは、内緒にしたまま保安検査場を通る。

溜め込んだ涙は、頬を一粒だけ通り抜けていった。

お母さんは何も言わずに、私の後ろをついてくる。

服の袖で涙を拭い取ってから、お母さんの方を向く。

「わざわざ北海道まで来なくてよかったのに」

「心配してたのよ」

「いつも放置なくせに」

つい、言ってしまった言葉に、お母さんは傷ついた表情をする。私は、もっと傷ついていたけど……でも、悲しませたいわけじゃない。私を思ってほしいだけ。

「そんなつもりは、いいや、言い訳ね。ごめんなさい」

「でも、私も言わなかったから、何も気づかなかったんでしょ、ごめんねお母さん」

素直に謝る。いつも、私ばかりと思って、何も言わなかった。だから、お母さんも私も悪いんだと思う。

お母さんが横で震えた声で、わざとらしく明るく言葉にする。

「早いけど、おかえり」

「うん、ただいま」

保安検査場を通り抜けると、人でごった返している。

「お母さんは、お姉ちゃんに会いたいと思わないの？」

つい問いかけてみれば、渋い顔をされた。

「お姉ちゃんの方がきっと、私を嫌ってるから。恵より、厳しくしすぎたもの」

お姉ちゃんに今すぐに、連絡したくなった。

ねぇ、多分、今なら、私たち、家族やり直せるんじゃない？　シロクマで居てもいいけど。お姉ちゃんも、きっと、今のお母さんなら話せるんじゃない？

家族で居られたら、いいな。そう思ってしまう。

「そっか。そうやって伝えたらいいんじゃない？」

お母さんはまた、不思議そうな顔をして「そうね」と小さく頷いた。

搭乗待合室で座って、アナウンスを待つ。イスに座るシロクマが目について、口を開けてしまった。お姉ちゃんより、少し大きいように見える。

私もシロクマになりたい、と思う気持ちがまた湧き上がる。でもそれは、最初に思った気持ちとは違った。愛されるためや、自分を捨てるために、シロクマになりたいんじゃない。お姉ちゃんと同じ視界で、北海道を見てみたい。

今まで他に見なかったけど、お姉ちゃんみたいなシロクマは、まだまだ居るのかもしれない。あの人も何かを捨てるために、シロクマになってるんだろうか。

今度違うシロクマに出会う機会があったら、私から話しかけてみようか。

気が合う友人になれるかもしれないし。

もしかしたら、好きになれる人、恋に落ちる相手も、シロクマの見た目をしてるかもしれない。

まだまだ、好きなものも、やりたいこともわからないけど、わかることが一つだけある。北海道にまた来たい、その気持ちだけは確かだった。

だから、北海道の大学に進学して、またお姉ちゃんと旅をするんだ。そんな将来の決め方でも良いと、今なら思える。

自分自身を見付けられた北海道でなら、また新しい自分を見付けられるから。

鬼の一族が棲まう「織月《ひづき》の里」に暮らす妖狐の少女、縁《より》。彼女は幼い頃、腹部に火傷を負って倒れていたところを旅籠屋の次男・琥珀に助けられ、彼が縁を「自分の嫁にする」と宣言したことがきっかけで鬼の一家と暮らすことに。ところが、成長した縁の前に彼女のことを「花嫁」と呼ぶ美しい妖狐の青年が現れて……？　傷を抱えた妖狐の少女×寡黙で心優しい鬼の少年の本格あやかし恋愛ファンタジー！

◉定価：1巻 726円（10%税込）、2巻 770円（10%税込）　◉Illustration：月岡月穂（1巻）、鴉羽凛燈（2巻）

定価:770円(10%税込)　ISBN:978-4-434-35143-3

イラスト:シライシユウコ

この剣で、後宮の闇を
暴いてみせる。

刀術の道場を営む家に生まれた朱鈴苺《しゅりんめい》は、幼いころから剣の鍛錬に励んできた。ある日、「徳妃・林蘭玉《りんらんぎょく》の専属武官として仕えよ」と勅命が下る。しかも、なぜか男装して宦官として振舞わなければならないという。疑問に思っていた鈴苺だったが、幼馴染の皇帝・劉銀《りゅうぎん》から、近ごろ後宮を騒がせている女官行方不明事件の真相を追うために力を貸してくれと頼まれる。密命を受けた鈴苺は、林徳妃をはじめとした四夫人と交流を深める裏で、事件の真相を探りはじめるが――

定価:770円(10%税込み)　ISBN :978-4-434-35142-6

イラスト:沙月

ISBN:978-4-434-34833-4

この作品に対する皆様のご意見・ご感想をお待ちしております。

おハガキ・お手紙は以下の宛先にお送りください。

【宛先】

〒150-6019 東京都渋谷区恵比寿 4-20-3 恵比寿ｶﾞｰﾃﾞﾝﾌﾟﾚｲｽﾀﾜｰ 19F
（株）アルファポリス　書籍感想係

メールフォームでのご意見・ご感想は右のＱＲコードから、
あるいは以下のワードで検索をかけてください。

アルファポリス　書籍の感想　検索

ご感想はこちらから

アルファポリス文庫

シロクマのシロさんと北海道《ほっかいどう》旅行記《りょこうき》

百度ここ愛（ひゃくど ここあ）

2025年 2月 25日初版発行

編　集－古屋日菜子・森 順子
編集長－倉持真理
発行者－梶本雄介
発行所－株式会社アルファポリス
〒150-6019 東京都渋谷区恵比寿4-20-3 恵比寿ｶﾞｰﾃﾞﾝﾌﾟﾚｲｽﾀﾜｰ19F
TEL 03-6277-1601（営業）　03-6277-1602（編集）
URL https://www.alphapolis.co.jp/
発売元－株式会社星雲社（共同出版社・流通責任出版社）
〒112-0005 東京都文京区水道1-3-30
TEL 03-3868-3275
装丁イラスト－のみや
装丁デザイン－木下佑紀乃+ベイブリッジ・スタジオ
印刷－中央精版印刷株式会社

価格はカバーに表示されてあります。

落丁乱丁の場合はアルファポリスまでご連絡ください。

送料は小社負担でお取り替えします。


ISBN978-4-434-35322-2 C0193